有爱的青春陪伴者

是毛尖对麦芒的初恋了

子非鱼 / 著

花山文艺出版社
河北·石家庄

图书在版编目（CIP）数据

是针尖对麦芒的初恋了 / 子非鱼著. -- 石家庄：花山文艺出版社，2023.3
ISBN 978-7-5511-6479-5

Ⅰ．①是… Ⅱ．①子… Ⅲ．①长篇小说－中国－当代 Ⅳ．①I247.5

中国国家版本馆CIP数据核字(2023)第017529号

书　　名：是针尖对麦芒的初恋了
　　　　　Shi Zhenjian Dui Maimang De Chulian Le
著　　者：子非鱼
责任编辑：郝卫国
特约编辑：雪　人
责任校对：齐　欣
封面设计：刘　艳
内文设计：唐卉婷
封面绘制：暖阳64
美术责编：王爱芹
出版发行：花山文艺出版社（邮政编码：050061）
　　　　　（河北省石家庄市友谊北大街330号）
销售热线：0311-88643221
传　　真：0311-88643225
印　　刷：长沙鸿发印务实业有限公司
经　　销：新华书店
开　　本：880×1230　1/32
印　　张：9
字　　数：182千字
版　　次：2023年3月第1版
　　　　　2023年3月第1次印刷
书　　号：ISBN 978-7-5511-6479-5
定　　价：39.80元

（版权所有　翻印必究·印装有误　负责调换）

目 录

Chapter 1
风水轮流转，老话果然是有道理的······001

Chapter 2
互相装穷，以示友好············022

Chapter 3
油菜花田里的B大女神·········042

Chapter 4
你今天的形象特别伟岸········061

Chapter 5
三年形象，毁于一旦···········089

Chapter 6
允许你崇拜，但不要爱上······106

Chapter 7
实打实的纯情大男孩··········123

Chapter 8
女神的粽子是牛油果味········143

Chapter 9
像不像连体婴儿··············159

目 录

Chapter 10
饭团这个奸诈小人・・・・・・・・・174

Chapter 11
以后想撒娇，来我这里・・・・・・191

Chapter 12
美女骑手浪漫表白・・・・・・・・212

Chapter 13
对方和您已成为好友・・・・・・・232

Chapter 14
女孩子也可以保护自己・・・・・・246

Chapter 15
新年快乐，男朋友・・・・・・・・261

番外一
今天，您吃了吗?・・・・・・・・・274

番外二
我也喜欢你・・・・・・・・・・・279

/Chapter 1/
风水轮流转，老话果然是有道理的

二月的天气，乍暖还寒。

季绯从驾校出来，拢了拢身上的范思哲新款白棉服，手里拿着得来不易的小本本，上面一行金色大字格外打眼：机动车驾驶证。

筌州作为各方面发展飞速的大城市，高楼林立、交通发达是它的代名词，所以如今就连开电瓶车都需要驾照。这就极大程度地难为了季绯。

季家出行都是各类SUV，谁也不会开两个轮子的车，无法，指望不上家人的季绯只能自己报班去学，好在她运气和实力兼具，一次就通过了考试。

"绯绯，你真想好了啊？"电话那头，徐冉冉既忧愁又痛心。

"当然啦，我一直是行动派。"季绯边说边往停车位走。驾校地理位置偏僻，附近没几个行人，远远地能看见拐弯的地方停着辆高调奢华的白色宝马车。

"可是……"

"可是你干吗放着好好的大小姐不当，非要去送外卖啊？"

徐冉冉万分不解，难道这就是有钱人的乐趣？

季绯很坦然："大三课少，我这是提前适应职场生活。"

徐冉冉："我信了你的邪。"

其实季绯的目的很明确。

近几年，随着人们工作越来越繁忙，外卖行业迅速发展，直到现在，光是上市的外卖公司就已经数不胜数，而这些公司中，又以"饭团外卖"和"巨饿外卖"最为知名，两家几乎是并驾齐驱的状态。

季绯身为巨饿集团未来的继承人，理所应当为巨饿的发展做出贡献。她准备在平时没课和双休的时候送送外卖，以此了解一下自家的外卖业务情况，顺便做做市场调研。当然，最重要的，是要搞清楚巨饿和对家饭团的区别所在。

徐冉冉还想说点什么，只听季绯忽然道："等等，别出声。"

徐冉冉："怎么了？"

季绯停下脚步，微微偏头，余光瞥见身后不远不近的身影，冷静道："我好像被跟踪了。"

徐冉冉："光天化日，法治社会，就有人这么猖狂？"

季绯仅思考两秒便迅速做出决定："我在腾翔驾校附近，二十分钟后给我打个电话，如果我没接，你就报警。"

徐冉冉吓到嗓音颤抖："好……好的，那你小心点！"

季绯挂断电话将手机塞进口袋，快步走过拐角，然后贴墙等着。

季绯十一岁就学拳击，到今天刚好是第十个年头。她虽然外表看着纤瘦，甚至还烫着可爱俏丽的羊毛卷，但一撸起袖子，胳膊上那可全是分布得匀称漂亮的腿子肉。

为此,徐冉冉曾给她取名:金刚洋娃娃。

金刚洋娃娃活动活动脖子和手腕,牙齿咬了咬漂亮的下唇。

脚步声近了。

三步,两步,一步。

季绯出手快如闪电,一肘子顶在那人腹部,在那人还没反应过来时,再追加一个无敌顶膝!

"啊——"伴随着一声惨烈的痛呼,季绯心里只剩下两个字:完美。

刚拿了驾驶证准备上路还很开心的周鹭:"?"

他明显已经被打蒙了,依靠着过硬的身体素质才没当场倒下。但也没好到哪儿去,他话都说不出来,一开口腹部就一阵痉挛,最后只能选择靠着宝马车身顺势蹲坐在地上,动作幅度很小地吸气。

季绯右手撑着车,忽略长相,还真有种欺男霸女的纨绔样,此时居高临下地俯视他:"说吧,跟着我干什么?"

周鹭气若游丝,闻言抬头看她一眼。

此时的周鹭根本无暇去欣赏近在咫尺的美貌,他简直六月飞雪窦娥冤:"谁跟着你了?我的车在这边!"

讲点道理,他只是个无辜的路人好吗?

季绯蹙眉,低了低眼睛,这个角度正好看见周鹭因为低头而暴露在空气中的后脖颈,黑色大衣领的标签隐隐露出来,是一行英文:Burberry。

Burberry，音译过来就是巴宝莉，是跟Versace范思哲同类的奢侈品牌。

…………

完了。

踢到铁板了。

季绯不动声色地收回手，背在身后。

短短时间，她想了很多。怪不得这人一直往这边走，穿得起巴宝莉，说不定这辆宝马车就是他的。

"那什么，对不起啊。"季绯表情讪讪的。错了就是错了，道歉得恳切。她拿出十二万分的真诚，伸出双手去扶周鹭，"没事儿吧？要不要送你去医院？"

周鹭借力站好，疼痛使他不太能挺直腰板。

这回他终于能好好看清女生的脸。

不夸张地说，女生长得很漂亮，是第一眼就让人感觉惊艳的漂亮。

小脸盘儿，白皮肤，鼻梁高挺，五官精致，尤其是眼睛，没戴美瞳也是自然的浅棕色，清澈透亮，像艺术生画出来的成品。一头棕黄色羊毛卷长发松松扎成马尾，额上还盖着层薄薄卷卷的空气刘海，虽然烫了，头发却仍然不显得厚重和毛糙，反而添了几分俏皮的味道。

典型的青春女大学生配置。

如果不是手上戴了块熟悉的Versace腕表的话。

这块表是限量款，周鹭上次只恍了个神，就没预约到。

这女生来头大啊!

不好惹。这是周鹭唯一的想法。

"不用去医院,还没这么脆弱。"周鹭摆摆手,让开身子,"这是你的车吧?我去那边靠会儿,你先走吧。"

季绯闻言迟疑道:"这不是你的车吗?"

两人对视一眼,都从对方眼里看到了隐藏的试探。

这里除了一辆华贵的宝马,就只剩下宝马旁边一左一右两辆电驴。

季绯小心地伸出一根手指,指了指宝马左边那辆:"那边,我的车。"

周鹭声音艰涩,指了指宝马右边:"那辆,我的。"

两人:"……"

莫名的尴尬弥散在空气中,一时间两人全都无言。

此时,季绯分神为这尴尬取名为:金钱的诱惑之宝马车旁边的小电驴。

终究是一辆车承受了所有。

看男生还捂着小腹,季绯率先打破沉默:"那个……如果你不嫌弃,我包里有一瓶红花油。"她说着往包里掏了掏,果然摸出一瓶碗大的红花油,看上去已经用掉了小半。

周鹭:"……"

周鹭看向那个属于女生的斜挎小包包,包包的牌子他倒是不认识,但问题不在这里——为什么别的女生包里装的都是化妆品,她却随身装了瓶红花油啊？

联想到季绯刚才那哐哐两下，周鹭觉得腹部更疼了。

周鹭接过红花油，虚弱地说了句："谢谢。"

气氛再度冷下来。

季绯走也不是，不走也不是。正在这时，电话响了。季绯跟见到亲爸一样捧起了手机："喂。"

徐冉冉嗓门儿极大："绯绯，你还好吗？歹徒被制伏了吗？还需要报警吗？"

这"担心三连"一句比一句更为致命，季绯感觉有把刀直往心窝里戳。本以为徐冉冉是来解救她的，结果这通电话使得原本就不太和谐的氛围更是雪上加霜。因为她听见的同时，她身边的周鹭也一字不落地全听完了。

周鹭："……"

季绯看着他，艰难道："我可以解释。"

周鹭伸出手掌挡在两人中间，隔开一段距离，由衷地说："没关系，我明白。"

请问你明白什么？季绯露出一个假笑，她不好多问，只能回答："那……非常感谢你的理解。"

周鹭刚才缓了一阵，腹部已经好受很多了，他起身往自己的电驴走去："那我就先走了，你继续讲电话吧，下次弄清楚就行。"

看着男生不太稳当的背影，季绯十分过意不去，临走还不忘提醒他：

"那你记得抹红花油，抹之前要先用热毛巾敷一下伤口，然后再把红花油揉开。"

对方的回应是开着电驴一个加速，头也没回。

"所以，你说得这么惊险，其实只是一场乌龙？"宿舍里，徐冉冉吃着薯片，脸上敷着层果冻面膜，背靠在巨大的毛绒玩具身上，对此表示出了极大的震撼。

季绯洗了把脸："嗯。"

徐冉冉又问："你把人家'巴宝莉'打了，他还没找你索赔？"

季绯捂着脸道："没。"

所以才有点过意不去啊。

徐冉冉下意识地摸摸下巴，结果不小心摸掉了自己的面膜："啧，我脏了……这么说来，我觉得他这人品质还不错，他完全可以狮子大开口敲你一笔，但是他没有这么做，现在这样的人可不多了。"

季绯叹了口气："我知道啊。"

徐冉冉想了想，忽然凑过来，神秘兮兮地小声问："他长得帅吗？"

季绯："没注意……"

她当时就顾着内疚了。

彼时，A大食品学院男生宿舍。

周鹭背对着门坐在床上，伸手掀起衣摆。腹部青了一大块，视觉冲击力极强。

周鹭只看一眼便不忍地挪开了视线:"小姑娘下手可真狠啊!"

陈远阳回来的时候就感觉不对劲。宿舍门窗紧闭,窗帘也拉着,因为不怎么隔音,里面还时不时传来"嘶""啊""哦"等显示痛苦的声音。

A大宿舍两人一间,他不在,那肯定是周鹭在。

陈远阳疑惑地清了清嗓子:"鹭哥,那什么,你干吗呢,我进来了啊!"

周鹭没回应,但声音停下了。

陈远阳推门走进去,见周鹭还背对着他,以为周鹭是被打扰了有点不爽,于是脸上挂着憨笑走过去:"没事的鹭哥,大家都是兄弟,你也别觉得尴尬……"他话还没说完,鼻子忽然动了动,"不是,这铺天盖地的都是什么味儿啊?"

周鹭这时候转过身,他衣摆还没放下,手里拿着那瓶红花油,表情冷冷地问:"你刚才说什么?"

陈远阳:"……"

陈远阳不合时宜地想:这么好的环境竟然用来抹红花油,这是人干的事儿?

周鹭盯着他又问:"我为什么会觉得尴尬?"

陈远阳:"……"

极强的求生欲使他立刻摇头:"没,没什么。"

周鹭淡淡地看了陈远阳好几眼，终于大发慈悲地收回视线。他把东西放下，闻了闻满手的刺鼻味道，皱着眉去卫生间洗手了。

陈远阳像条小尾巴一样跟进去，指了指他的小腹："鹭哥，你咋了啊？你不是去拿驾照了吗，难道路上摔跤了？"

周鹭想想都觉得倒霉，深吸口气道："算了，多说无益。"

他擦干净手，摸出手机，熟练地点进饭团平台。

察觉到他的意图，陈远阳忽然一把抓住他的手，语气激动："等等！哥，等等，你是真的想清楚了吗？"

"想清楚什么？"

"你真要去送外卖啊？"

"嗯。"

今天上午饭团软件更新，出了个新人招聘，主要招聘兼职骑手。

和全职工作者由公司每月统一发放工资和绩效不一样，兼职骑手，每单结算，没有保底工资。总而言之，单子送得多，赚的钱就多。虽然听上去不怎么赚钱，但兼职有个好处是想接单就接，不想接就不接，没有什么限制，很适合学生党。

这个招聘是饭团公司高层商量了将近一个月才决定实行的。周鹭作为高层之一，很幸运地成了新计划的第一批实践者。

陈远阳看看周鹭帅气的脸，又看看周鹭即将点击"成为骑手"几个字的手指，他抓住那只手，怒其不争道："哥，没必要，真的没必要！有这么张脸，谁还去送外卖啊？简直暴殄天物好吗！"

周鹭看了陈远阳一眼，手臂发力，指尖堪堪碰到屏幕。

陈远阳使劲把周鹭的手往上抬，吃力到连眼睛都不自觉瞪大了，看起来十分狰狞，他咬着牙："哥，你再考虑考虑，你那些迷妹会哭的！或者我们俩换张脸……"

换脸是不可能换脸的，这辈子都不可能换脸的。

周鹭力气比陈远阳大，指尖终于还是碰到了屏幕。

眼看着页面跳转，陈远阳跟斗败的大犬一样丧起来。

A大男神周鹭要去送外卖，想想就觉得形象很幻灭。

下过几场雨，天气终于晴好，屋外暖阳融融，地面也都干了。

等待了好几天，季绯终于带着她的新身份出门了。

徐冉冉一脸复杂地把季绯送到宿舍楼下，欲言又止半天终于说："既然你已经决定好了，那我就不说什么了。你路上要小心点，千万不要闯红灯，也不要超车……"

外卖行业发展迅速的同时，各家骑手为赶时间超速发生事故的例子可不少。徐冉冉跟个操心孩子第一次出门的老母亲一样，简直面面俱到。

"知道了。"季绯露出个大大的笑容，"你放心吧，我是个遵纪守法的好公民，走了！"

说完，她在徐冉冉无法用语言形容的复杂视线里骑着电驴，悠悠然飘出了B大校园，没有一点身为校园名人的包袱。

等人走远了,徐冉冉手机叮地响了一声,她拿起来一看,是大二学弟发来的畅聊消息。

【倪程宇:冉学姐,这几天怎么没见你和绯学姐来图书馆啊?】

没等她回复,那边很快又发来一句。

【倪程宇:绯学姐平时是不是很忙啊?】

徐冉冉心想,是挺忙的。人家忙着谈恋爱,你绯学姐忙着送外卖。

季绯出了校门,沐浴着早风径直朝着大路前行。

经过一排早餐店之后就到了交叉路口,正好是红灯,季绯停在斑马线跟前,等着一排排人过马路。她抬手看了眼表,八点半。

今天是周日,兼职骑手入职培训的日子。为了使骑手们了解自身职责、完美完成每一单配送,平台特意在各个城市都推出了培训活动。

眼看着红灯时间要过去了,季绯正准备起步,只见身边悠悠然开来了另一辆电驴,那是个身材高大的男生,开着灰色小电驴过来的样子莫名有点萌。

都说来得早不如来得巧,周鹭过来的时候红灯刚好结束,车流动了起来。谁知他车轮刚轧上斑马线,旁边一名没赶上时间的大妈就风风火火冲了过来,直接伸手推了他一把,借此机会快速过了马路,引来司机们一片骂声。

周鹭因为避让不及,连人带车侧翻压在了旁边的电驴上。

什么都没干反而翻车的季绯:"?"

惨是真的惨。

季绯躺在地上，满眼的蓝天白云，心想，还好电驴不太重，否则真要被压出毛病来。

周鹭迅速扶起电驴停在路边，然后过来帮季绯扶车："对不起啊，你没事吧？"

季绯只觉得这声音有点耳熟，扭了扭头正好和周鹭对上了视线。

这一刻，两人都有些愕然地睁大了眼，齐声道："是你？"

上次见面季绯没多看，只记得周鹭长得端正，今天仔细一看才发现他长得确实挺好的。一张媲美徐冉冉手机里韩剧男主的脸，挑人的单眼皮在他脸上反而更加增强了别人对他的第一观感。至少季绯觉得，她见过的好看的单眼皮男生里，周鹭应该排第一。

安置好电驴，周鹭把人扶到路边长椅上坐好："左腿没事吧？"

季绯平时练拳挨打挨得多了，连带着痛觉都变得迟钝起来，再说这点痛本来也不算什么，她如实回答："还好。"

周鹭再次询问："真没事？"

这可真是风水轮流转，老话能够传到现在果然是有一定道理的。

季绯摇头："真没事，你有事就先走，不用管我，这样就算咱们扯平了。"

说到扯平，周鹭想起什么，转身去自己的电驴储物箱拿了瓶新的红花油出来："你上次给我的那瓶已经用完了，效果很好，这瓶给你。"

季绯哑然："也没到需要用这个的程度……"

周鹭挑眉:"不是要扯平吗?"

季绯回到宿舍时,正是黄昏时分。可谓是真正的日出而作,日落而息。

相比之下,一天天刷韩剧、追"爱豆"、打游戏的徐冉冉就显得格外无所事事。

季绯今天的培训还算成功,除了一开始就迟到十分钟外。她的电驴装上了保温箱,为了测试效果,里面还放了两份打包好的小馄饨。

小馄饨拿出来还热腾腾的,揭开盖子香气扑鼻。

徐冉冉吃了几口,看到季绯放在床上的工服视线就挪不开了,她拿起来站在镜子前比了比,由衷地夸赞道:"你们的工服还挺好看的啊,黑红相间,既显白又霸气,果然是外卖界的扛把子!"

季绯顿时感觉与有荣焉:"那当然。"

徐冉冉注意到工服旁边放着的红花油,忍不住问:"你又买新的了?"

季绯吃馄饨的动作都停了,满面复杂地把再次遇到周鹭的事情简单复述了一遍。

徐冉冉听得十分认真,完了之后卡姿兰大眼睛眨了眨,露出一种平时看CP才会有的闪闪发亮的目光:"这难道就是传说中的'有缘千里来相会'?"

季绯无语:"脑补太多是病,得治。"

在这方面，徐冉冉向来十分坚持自我："我赌一毛钱，你们之后肯定还会再见到。"

季绯抽了抽嘴角："你以为演韩剧呢？"

筌州这么大，要不是故意偶遇，谁能碰得到谁？

季绯根本没想到，打脸会来得如此之快。

入职培训完成后，骑手就可以在线接单。

季绯今天上午没课，早早就起来抢单，她仗着宿舍网络好，很快抢到了人生中的第一单。

睡眼蒙眬的徐冉冉就看着她迅速穿戴整齐，逆着门口的光在落地镜面前扎马尾。

巨饿的工服确实设计得特别漂亮，张大嘴巴吃饭的标志印在手臂上，季绯身材高挑、体形匀称，红色腰带一扎，简直不像是骑手，像是电视里的赛车手。

于是徐冉冉的瞌睡虫就这么被帅没了。

"绯绯，说真的，你如果出道，我会为你打 call 一辈子！什么韩国明星，我统统不要了！"

季绯扭头冲她微微一笑，是那种如果让徐冉冉去刷弹幕时她只会想到"awsl（啊我死了）"的那种漂亮笑容。

就在徐冉冉以为自己会得到对方肉麻的感谢时，她嘴唇动了动，说出一句："那你不如先点个外卖支持一下我的事业。"

徐冉冉："……"

徐冉冉的少女心顿时碎了一地。

金刚洋娃娃果然和普通人不一样。

季绯抢到的第一单商家就在校外不远,是一家煲仔饭连锁店,她到的时候饭还没好,需要等几分钟。

就在这时,店门被人拉开。

季绯抬眼一看,只见来人宽肩窄腰,长腿格外显眼。他穿着一身黑蓝色工装,手臂处印着个紫菜包饭团的标志。

如果说巨饿的工服霸气侧漏,那么饭团的工服就是低调内敛。

两大对立集团员工相遇,气氛略显得有点紧张和诡异。

尤其是,当季绯看见了周鹭的那张脸后。

徐冉冉怕不是个预言帝吧?说什么中什么。

对家明显也有些许的诧异和愕然,他正想说话,店里的服务生就拿着打包盒出来了。

服务生看看这个又看看那个,有些奇怪道:"只有一个单子呀?怎么来两个人?"

季绯把订单消息调出来:"没错啊,是在这里。"

周鹭也跟着打开手机:"我的也是这里。"

服务生挠挠头:"那可能是我们商家系统又出问题了。抱歉啊,也不知道怎的,最近总是各个平台跳同一个单。你们商量商量到底谁送？"

季绯跟周鹭无声对视一眼。

作为一个男生，怎么也不好意思抢女生的东西，周鹭主动道："你先来，那你去送吧。"

季绯却还惦记着之前打他的那两下，那可是铆足了劲的，愧疚感再次冒出来，她十足真诚地摇头："不，还是你去吧。"

周鹭把外卖推给她，神情格外诚恳："别争了，你去。"

季绯使劲摆手，说什么也不愿意："还是你去。"

如此几个来回，两人连又有个人进来都没人注意。那人看了半天，心急如焚，终于小声道："那什么，我也抢到这单了，你们都不去的话，那要不让我去吧？我看单子都快超时了。"

季绯跟周鹭齐刷刷看过去。那人看着很年轻，像是比他们都要小一些，穿着橘黄色工服，胸口画了个可爱的猫爪图案，看样子是猫咪外卖的骑手。

季绯又跟周鹭对视了一眼，异口同声道："那麻烦你了！"

似乎惊讶于两人的默契，那人微张着嘴："呃，不麻烦。"

其实季绯让完那一单就后悔了。

因为手速不够，半天过去了，她再没抢到过第二单。

眼看着日头升高，季绯不免有点急躁，连吃午饭的心情都没了。

空气里飘来属于春天的不知名花香，季绯把车停在路边大树的阴影里,刚好接到徐冉冉打来的电话。

"绯绯,你工作怎么样了?"

"别问,问就是不知道。"

"……"

一般这么回复,都是不怎么样的意思。徐冉冉极为识趣儿地换了个话题:"那下午的课你还回来吗?"

季绯单手握着车把手准备起火:"我现在就回。"

话音刚落,身后忽然传来一声响亮的车鸣。季绯回头一看,只见一抹熟悉的身影骑着电驴从路口开过来,经过她身边时,还偏头冲她勾了下嘴角。

周鹭刚才从后面开过来的时候就注意到前面电驴上女生的羊毛卷长发了,几乎瞬间就联想到了季绯,她这回把羊毛卷扎成了两个马尾,俏皮感更重了一些。

季绯果然如同想象的那样露出不可言说的表情,总之不是太爽。

周鹭微微一笑,然后踏着春风的韵律怡然道:"抱歉,先走一步。"

挑衅,赤裸裸的挑衅!

季绯看着周鹭的背影,咬了咬牙跟徐冉冉说:"我暂时不回了,会在上课前赶到的!"

刚挂断电话,季绯再一抬头就发现周鹭的车靠边停下来了。

他被人拦了。

准确地说,是被交警拦了。

可能是老天都看不下去他嘚瑟。

季绯刚才那点被刺激出来的斗志随着这一幕瞬间烟消云散，她也不急着抢单了，就停在原地探头探脑地看热闹。

几米开外，周鹭的表情有点呆滞。他还是第一次被交警拦住，但还是礼貌地微笑："你好，请问我是超速了吗？"

交警同志的浅青色外套上别着一张胸牌，上面印着一行光看一眼就觉得十分正气凛然的名字：林正义。

林正义神情严肃："没有。"

周鹭："？"

周鹭思索道："那是闯红灯了？"

林正义："也不是。同志，你不知道开摩托车和电动车都需要戴头盔吗？"

周鹭还真不知道这个。

林正义掏出本子和笔，冷脸写下一张罚款单："那你现在知道了。"

周鹭："……"

周鹭低头一看，罚款200元。

"同志，这也太狠了吧？"

隔着一段距离，季绯听不见两人说话，但她大概看出来周鹭被开罚单了。虽然不知道理由，但也有点解气，她得意地小声道："让你嘚瑟，遭报应了吧？"

正幸灾乐祸时，林正义视线一扫，忽然越过周鹭看到他身后不远的季绯，两道横眉一皱，立刻伸手："那边那个！过来！"

季绯环视四周，没看到别人，于是指了指自己："我？"

林正义对此给予充分肯定："对，就是你。"

季绯开着电驴过去，脸上的笑还没消失，灿烂地问："怎么了交警同志？"

林正义唰唰唰几笔，写完了单子撕下来摆在她眼前，冷酷地说："不戴头盔上路，同志，你被罚了！"

季绯嘴角僵住了。

今天她算是完美诠释了什么叫作"偷鸡不成蚀把米"。

她侧过脸去看周鹭，只见对方深深低着头，肩膀不停耸动，一副忍笑到想要打跌的模样。估计是不敢在交警面前表现得太放肆，克制着没发出一点儿声音。

——哟，可把你给乐坏了。

等林正义终于走了，周鹭才抬起头，单眼皮笑得有些发红，漂亮的眼尾微微上扬，有种别样的帅气。他略微同情地看她一眼，还没说话，就又开始笑。这次是有声音的，闷闷懒懒的，低音炮，听得人心尖都一颤。

季绯气到面无表情，羊毛卷刘海下眼睛里闪过一丝懊恼："喂，同志，工友，兄弟，我说你也差不多行了。"

周鹭："哈哈哈！"

季绯舌尖抵了抵牙齿，拳头忽然有点儿痒："再笑下巴就会脱臼。"

周鹭完全没被她的虚张声势吓到,反而笑得更欢实:"哈哈哈哈哈……"

季绯冷眼提醒他:"你的外卖还没送。"

周鹭笑不出来了,露出的大白牙慢慢合上,转为轻轻磨了磨。他摸出手机看了眼,距离配送超时只剩三分钟。

周鹭深吸一口气,咬咬牙:"好,你赢了。"

/Chapter 2/
互相装穷,以示友好

三月出头，温度上升，总算是能少穿件衣服。

季绯工作了整整两个礼拜，难得有空闲下来享受徐冉冉亲手给她做的SPA。

徐冉冉给季绯按摩肩膀放松肌肉，余光瞥到她正在提取那点儿微薄的收入，一时有些沉默："好好当你的B大女神不行吗？"

季绯嘴里振振有词："双手赚钱，劳动光荣。"

徐冉冉朝天翻了个大白眼："人家是不当明星就得回去继承家产，你是不送外卖就得回去继承公司，你们有钱人真会玩。"

有钱人季绯随手加了个畅聊群，群名简单粗暴：巨饿外卖新手群。

她尝试着在里头发了几句话，群里的人都很热情，附和得很快，大家都一派友好。

聊得嗨了，季绯随手发了句：【在这个拐角就是巧合的社会，你们有没有跟对家发生过什么尴尬的事儿？】

这条倒是没那么多人回复，估计是上班族到了午休时间，大家都忙着去抢单配送了。

等了半天，才有个叫"一行白鹭"的人@她：【有。】

季绯跟一行白鹭找到了共同话题，就跟见着了亲人似的倾诉欲爆棚，于是加了他好友，那边很快通过。

【绯绯心事：同道中人，兄弟。唉，我最近总碰见对家，估计是出门没看皇历吧，每次见他都没好事儿。】

【一行白鹭：我也有个经常碰见的对家，我怀疑她想暗杀我，尤其是第一次见面，我差点爬不起来！】

【绯绯心事：？？？】

【绯绯心事：惨还是你惨。】

【一行白鹭：哎，说来话长。】

周鹭掀开衣摆，虽然有点夸大事实，但腹部那两下毕竟不含糊，至今还留有罪恶的印记，也不算是他瞎说了。

【绯绯心事：好兄弟，受苦了。】

【一行白鹭：没事，以后常联系。】

陈远阳从食堂带回来两份饭，凑过来看了看，看见一个头像是一条小棕毛狗、狗狗脑袋周围还围满了粉色爱心的畅聊用户名。

"这个'绯绯心事'是谁啊？头像真可爱，是个女孩儿吧？"

周鹭接过饭："我的一个骑手兄弟。"

陈远阳嘴角抽搐，心想你怎么不说她是你的一个道姑朋友？但他终究没敢，也不纠结对方是男是女了，又问："你怎么加了巨饿平台的群？你不是饭团的大少爷吗？"

周鹭放下手机吃了口饭:"加的群太多,不小心多点了一下就进去了。"

毕竟两方是竞争对手,想要一家独大有点困难。周鹭加了也没退群,他原本是想看看巨饿的群里有没有人说恶心的话消费顾客之类的,可以举报就举报,没想到居然还在里面找到个朋友。

季绯和对家因为命运再一次交汇,是在周六的早晨。

不过七点出头,早餐店里已经人满为患。

季绯一身挺拔的工装,臂弯里还夹着个同色系头盔,站在铺子前整个人透着一股由内到外的飒爽,旁边不少人偷偷看过来。

季绯没理那些打量的视线:"老板,要一根玉米。"

几乎同一时刻,另一个声音也响了起来:"老板,要一根玉米。"

周鹭站在她身边,仗着身高优势低头看过来。两人视线交汇,俱是一怔。

昨天互相跟人吐槽过对家,没想到今天又以这么尴尬的方式见了面。

周鹭率先说:"好巧。"

是挺巧的。季绯干笑:"世界真小。"

不待两人再多交流,老板打开蒸笼屉:"不好意思两位,只有一根玉米了。"

季绯跟周鹭几乎同时出声:"我要!"

老板:"……"

季绯跟周鹭的目光交汇中迸溅出火花。

老板不得已,只能亮出一张二维码:"那要不你们看看谁先付款吧!"

季绯伸手就要去扫码,结果周鹭倾身往前,一抬手直接把整张卡片拿走了。

还有这种操作?季绯:"这是犯规!"

周鹭举高手,神情很是理所当然:"谁说不能拿?"

"你!"

大概是之前的事情已经扯平,过了互相谦让的时候,两人又都赶着去送外卖,互相抢了半天二维码,谁也没有让步的意思。

见他们僵持半天也没付到款,两人的身高又完全挡住了后面的生意,老板忍不住了,露出看智障的眼神:"你们三岁吗?"

他把玉米放在案板上,手持菜刀劈下去,玉米应声变成两截:"一人一块五,扫码付款!"

季绯:"……"

周鹭:"……"

好歹是分匀了,否则还得争。

拿了半截玉米,两人一同走到停车的地方。季绯看向周鹭,先问:"你往哪边?"

周鹭戴好头盔,气定神闲:"右边。"

季绯点点头:"正好,我往左边,再会。"

两人朝着反方向扬长而去。

一个小时后,再次相聚。

人们常说,地球是圆的,总有一天我们会再次遇到想要遇见的人。是不是想遇见的人暂且不说,地球是圆的,季绯是相信了。

朝霞路758号,是一处独门独栋的房子,还带了个种满花的小院子。正是春暖花开的时节,各种香味交织在一起,透过栅栏门飘到了街面上。

周鹭事先声明:"我没有跟踪你。"

季绯也举起一只手:"+1。"

周鹭看一眼外卖单:"下单人:李女士。"

季绯不甘示弱:"下单人:李先生。"

两人:"……"

短暂的寂静过后,栅栏门内忽然传来老人舒朗的笑声:"你们都没送错,一个是我儿子,一个是我女儿。"

两人这才发觉门内不知什么时候站了个老太太,斑白的鬓发,宽松的单衣外套,瘦削却不显病态的身形,手里还拎着个给花草浇水的小喷壶。

老太太把门打开,和蔼道:"进来吧,喝口水休息休息。"

两人都有点受宠若惊。毕竟送外卖的这段时间,这还是头一次被人邀请喝口水。

老太太好客，主动说起自己的事情还有点儿不好意思："我不会做饭，子女也在外地忙，他们准备找一家外卖平台签半年的合约，找人专门在中午给我送饭过来。看你们穿的衣服不一样，你们不是一家吧？"

季绯和周鹭再次同时出声："不是。"

说完，两人对视一眼，又快速挪开。

巨饿和饭团，众人皆知的外卖界巨头，两家的关系就好比清大和京大，百年纠葛，全国都再也找不出第三家这么对立的平台了。

老太太看着两人的小动作，忍不住发笑："你们叫什么呀？"

经过这么一次提醒，季绯这才忽然发现她和周鹭见过这么多次面，打过这么多次交道，彼此连对方名字都不知道。季绯每次跟徐冉冉说起的时候，都直接把周鹭叫"巴宝莉"。无他，那个标签是她记得最清楚的东西了。

周鹭这时候卖乖卖得非常到位，连语气都恰到好处，柔和得让人心生亲切："李奶奶，我叫周鹭，是饭团外卖的骑手。我们平台很负责的，您可以放心把单子交给我们。"

跟谁不会一样。季绯这么想着，舌尖抵了抵上颚，也露出真挚的微笑，一副嗓子跟从蜜糖罐子里浸过似的甜："奶奶，我叫季绯，是巨饿外卖的骑手。我们平台绝对不比他们差，您可以考虑考虑我们。"

李奶奶听在耳里，记在心里，边开包装盒边问："订了之后也是你们配送吗？"

季绯跟周鹭同时伸手想去帮忙开盖子，结果两只手碰到了一起，感受到属于对方的温度，又立刻触电一样缩回来。和上次摔倒被扶起来感觉不一样，那时候除了忙乱没有别的想法，可这次不同，这可是实打实摸到手了。

季绯除了打拳就没跟男生如此近距离接触过，一时觉得十分怪异，内心毫无波动，甚至还想抓着他来个过肩摔。

得亏周鹭没有读心术，否则真该确信季绯想要暗杀他了。周鹭从没刻意去碰过同龄女生的皮肤，陈远阳时常因为这个取笑他，说他放着好好一张脸不用，活了二十一年结果比菩萨还菩萨。他耳根有点热，下意识地伸手去捏了捏。

季绯换了个包装盒去开，余光瞥见周鹭又拿了刚才那一份。他略略挽起了工服袖子，露出了内里一件白色打底薄毛衣的小半截衣袖。

手腕还挺好看。季绯心想。

周鹭手里是一份排骨汤，卖家做人实诚，盒子里装得满满当当的，一打开就溢出来一些，正好洒在了周鹭的手腕上，也连累了他的毛衣袖子。

李奶奶惊呼了一声："哎哟，衣服脏了，要不脱下来我帮你洗一洗？"

"谢谢。"周鹭拿了季绯递过来的纸巾擦了擦手，顺手把袖子也擦了擦，内里的小小标签又露出来，还是那行熟悉的英文，巴宝莉。

男生笑着说:"没关系,奶奶,不用洗的。"

普通衣服沾了油花尚且洗不掉,更别提几千上万的巴宝莉。

李奶奶对此很过意不去:"那你告诉奶奶这是什么牌子,奶奶再给你买件新的。"

周鹭还是摆手:"真不用,这不是什么牌子,只是件仿品,很便宜的。"

季绯:"???"

说者无心,听者有意,季绯视线停在周鹭的衣服上,忽然开始怀疑那天自己是不是看错了。她想起第一次见到周鹭的衣服,还以为宝马车是他的,结果人家开的两轮电驴还十分熟稔。

直到走出院子,季绯都还处在迷惑当中。

到了门口,周鹭忽然开口说:"喂,干什么呢,注意脚下。"

季绯回过神,低头一看,发现自己差点踩到从栅栏空隙当中爬出来的刺藤。

"谢谢啊。"季绯连续看了他几眼,终于试探道,"那你的衣服怎么办?我见过这个牌子,挺贵的吧?"

周鹭抬了抬袖子,不假思索道:"仿的。那年杏花微雨,有人在学校门口清仓大甩卖,六十块一件,一百块两件,我就这么穿了好几年。"

季绯:"……"

为了圆一个谎,往往需要撒更多的谎来圆。周鹭面不改色:"谁会穿着巴宝莉送外卖啊?还不够弄脏的呢!再说了,穿得起巴宝莉,谁还来当骑手？"

一番话听下来，季绯明白了，她做的功课果然还是不够多。

季绯有样学样道："那可真是同道中人啊！"

周鹭看向她，怀疑道："你也是？"

大学里有攀比之心的人不在少数，买高仿的自然也不少。只要不被人看出来，就能显得自己生活很好。季绯脸不红心不跳："当然！你知道服装批发市场吗？各种牌子应有尽有，价格便宜质量过关，我们家一次就在那儿囤一年的衣服！"

周鹭："……"

周鹭总觉得哪里不对。他下意识地去看她的表，可惜这次腕表藏在衣袖里，看不着。

这一眼又提醒了季绯，衣服能说是仿的，但手表不能，一些精细的地方高仿也做不出来。

季绯回宿舍第一件事就是处理手表。这块表她戴了有一阵了，忽然取下来还有些不方便，正思考着怎么才能做到两全时，她忽然看见化妆盒里那支极细的眼线笔。

"你要干什么？"徐冉冉惊愕地看着她拿钳子拆了表盘和表盖，"你是不是不太明白这块表的价值，所以做出这么疯狂的事情？"

季绯很镇定，手里动作却一直没停："我明白。"

徐冉冉差点疯了："你明白个屁！送个外卖不至于吧？"

季绯做完一切重新安装好表盘戴在手上，酷酷一笑："冷静，正常操作。为了完美融入外卖员的身份,这一切都是值得的。"

上午的课在西楼,一节理论课,一节实践课。

西楼后面就是学校圈起来做实验的几十亩农田,彼时学生们亲手培育的油菜碧绿碧绿,再过几天就能开花了。

B大最为出名的食品学院录取分数高得吓人,其中任意一个专业都是王牌。如今社会发展飞速,各方面的人才都很抢手,更别说与人们生活息息相关的食品行业。

季绯从田里出来,脚上还粘着泥。

前几天下过的雨让田地湿润泥泞,一脚踩进去还会往下陷。

做完新的实验,导师还特意让所有人留下来,一起拔了田里的草。

春天杂草丛生,视野里一片绿油油,不拔的话杂草就会抢了新品种植物的养分,于是季绯就那么面朝黄土背朝天在田里多待了半个钟头。

徐冉冉从她身边冒出头来,有气无力地躺在了地上。

季绯在水渠边洗了手洗了脚,才把已经被尘土沾染的草帽摘下来,一扬手把它抖干净。

徐冉冉躺了会儿问她:"下午有什么安排?去看电影吗?"

下午没课,季绯刚要张口,徐冉冉就说:"好了,我知道了,你要去做兼职。"

不怪徐冉冉不理解,季绯家世好,本身也优秀,大可以出国深造,何必顶着太阳跑去送外卖？简直吃力不讨好。就算是为进入公司做准备，也完全不需要做到这个份儿上吧？

堂堂巨饿公司大小姐，放着这么好的条件，跑去送外卖？

每日迷惑一问。

季绯对此一笑而过，她刚穿好鞋，手机就响了。

畅聊消息来自母亲大人。

【母亲大人：绯绯啊，我跟你爸正好在学校附近谈事情，一起出来吃个饭。】

【绯绯心事：好的！】

季绯收拾好自己，又把草帽扣回去："我爸妈过来了，午饭不能跟你一起吃了。"

徐冉冉虚弱地摆摆手："去吧。"

正好中午十一点整。

季绯快速换好工装出门，骑着小电驴就往校外中餐厅走。她的车上有个很显眼的保温箱，服务员一度以为她是来取餐的，领着她走了好几遍后厨。

季绯无奈："对不起小哥，我真是来吃饭的。"

季长庆和白玉也看了过来，伸手招呼她过去。

服务员立刻尴尬了。

季长庆刚才离得远没听见他们的对话，等人走近了，他看见季绯身上的衣服，本能地觉得不太对劲："你这衣服不是咱们平台骑手的工服吗，怎么回事？"

季绯坐在两人对面，深吸一口气："爸，妈，我跟你们说一件事，你们先做好心理准备。"

她见对面两人全都不由自主坐直了，终于说："我去当骑手了。"

"……"

这要是别人，可能一时半会儿还反应不过来"骑手"是什么，但季长庆和白玉经营了这么久的外卖公司，几乎是一瞬间就清楚明了了。

季长庆差点要拍桌子："胡闹！"

白玉也满是惊愕："这是为什么呀？你在大学好好享受生活不好吗？家里又不是养不起你，何必要这么做？"

两人就这么一个宝贝女儿，以前纵容她放弃钢琴去拳击馆打拳还可以被她说服说是为了更好地保护自己，但这当骑手又是为什么？天天日晒雨淋的，对女孩子多不好啊！

白玉连咖啡都喝不下去了："开车在外面多危险啊，你又不熟悉路，万一……"

季绯拍拍她握在一起的双手："妈，我会看地图，也考了驾照，放心，没有危险的。"

季长庆严肃着一张脸:"到底为什么,说说吧。"

季绯咬咬嘴唇,壮志在胸:"要想巨饿一家独大,就要了解其他平台有什么样的能力,尤其是饭团。光靠普通的书面调查肯定达不到效果,不如让我亲自去看看,究竟两家为什么能并驾齐驱,到时候吸取经验教训,我们就能做得更好,把饭团的用户都抢过来。"

见两人都没有对此发表看法,季绯又说:"我混在咱们自家平台,还能看看自家的骑手究竟是怎样服务的。最近有新闻爆出骑手们背地里偷吃,还骚扰客户,也是时候该清一清这些人了,免得平台口碑下降。"

季长庆久久没开口,像是在思考:"你混在里面,能听到可靠的消息多些,倒也可行。"

季绯眼睛睁大了:"爸,您同意了?"

季长庆缓缓点头:"不过你要保证自身安全,尤其是交通方面。"

季绯正想附和,手机忽然亮屏。

居然是巨饿平台系统发来的消息。

【尊敬的骑手您好,系统将指派给您一笔半年订单,下单人:李先生。请尽快前往商家取餐,进行配送。结算方式,日结。】

季绯看清消息,原地站起来,兴奋溢于言表:"爸!我赢了!"

季长庆一脸莫名其妙:"什么赢了?"

"来不及解释了,我先走了!"季绯高兴得一口喝完剩下的半杯咖啡,连咖啡里的苦味都没能让她皱一下眉,然后飞快地出门,骑着电驴就走。

她跟周鹭同时接到的订单，最后李奶奶选择了她，那不是赢了是什么？

没想到啊，周鹭还是败给了她！

季绯一路都十分开心，几乎是哼着歌取了餐，然后再哼着歌开去朝霞路。

季绯有个去过哪里一次就会记得路线的大脑，所以这次连导航都没有开。

正享受着迎面而来的微风，身边忽然有辆车赶了上来。她稍微侧过脸，愣了。

工服、头盔、保温箱，这密实的打扮，这熟悉的标志，是同行的对家没错了。

周鹭抬手挥了挥，他看起来很高兴，眼睛都眯成月牙儿，主动打招呼，带着一点不易察觉的得意："哟，巧啊，同行，又遇到了。"

季绯今天心情也很好，说话甜甜的，就是内容不怎么搭调："同行，你不会是在我车上装了追踪器吧？"

周鹭轻轻巧巧把话题接住，看起来一点也不生气："我没钱买追踪器，不然怎么会来跟你做同行？"

季绯脸上笑嘻嘻："那就好。"

又开了一段，她发觉身边的电驴竟然丝毫没有转道的意思，一直不紧不慢地跟着，甚至还有隐隐要超过她的架势。

季绯忍不住了："你要去哪儿？"

周鹭不答反问："你要去哪儿？"

似乎每次碰见周鹭都要跟三岁小孩子吵嘴一样斗起来，幼稚死了。季绯干脆不答话了，只暗自加速，然后甩开周鹭。

十分钟后，朝霞路758号。

季绯站在门口，整理着装，确认形象无误后满脸笑容地按下门铃，准备用自己最真诚的服务来感谢李奶奶将这样一个机会给了巨饿平台。

然而她的笑维持了不到三秒，就僵在脸上。

无他，开门的不是李奶奶，竟然是周鹭。

周鹭显然也很震惊："你怎么来了？"

季绯微张着嘴："我还想问你呢！"

周鹭脸上一瞬间浮现出惊讶、迷茫，最后恍然大悟的表情："哦，该不会是你给我安了追踪器吧？还恶人先告状。"

"谁恶人先告状了？"季绯气到原地转圈，"同样的话还给你，我也没钱买追踪器！"

就在这时，李奶奶含笑说："都别闹了，是我订了两份餐。"

季绯跟周鹭同时看过去。

周鹭也是上午收到平台的指派消息，他跟季绯一样，还以为李奶奶果然看上自己的服务选择长期在饭团订餐，怎么也想不到她居然会订两份。

季绯手里是好几份当地知名中餐厅里打包的小菜，一大盒饭。周鹭带过来的是一大份营养靓汤，一打开能就能闻到清淡的鲜味儿，里面放了不少瑶柱，似乎还有个切碎了的象拔蚌。

季绯心想，这也太多了，一个老人根本吃不完。

结果李奶奶热情地说："还不到十二点，你们肯定也都还没吃饭吧？来，都坐下，吃饱了才有力气工作！"

季绯没料到是这样一个结果，于是下意识去看周鹭，发现同一时间对方也在看她，两人互相从对方眼睛里看到三个字：怎么办？

李奶奶一手拉一个，按在院子里的石桌旁坐下："就当陪我这儿女不在的老太太吧，我特意让他们多订了一些，就是想跟你们说说话。"

这下两人都没辙了，对视一眼然后坐好。

一顿饭吃得心思各异，好在李奶奶开心，时不时问一些问题，气氛也还算活跃。

除了……

季绯想夹一块红烧茄子，结果筷子刚伸进碗里，另一双筷子跟她夹到了同一块茄子。

有时候事情就是这么凑巧。

季绯看一眼周鹭，正想换一块，结果周鹭跟她想法一模一样，两人又换到了同一块。

也许上天就是安排她和周鹭过不去。

季绯心想要不换一道菜吧,这回总碰不到一起,结果筷子一动要去夹外婆菜,周鹭就跟面镜子一样,也换成了外婆菜。

两人:"……"

半天没吃到菜,周鹭先收手:"你还要吃什么?告诉我,这样我好避开。"

季绯提出解决方法:"我先夹外婆菜,你夹茄子,一会儿再换过来怎么样?"

周鹭点头:"好办法。"

两人像是一对天生的活宝,逗得李奶奶不住发笑,原本冷清寂寞的院子里终于有了吵闹的人声,一下子温情了许多。

直到吃完饭两人要走,李奶奶还特意将人送到门外,像嘱咐远行的儿女一样:"开车慢点儿,明天也要过来吃饭。"

季绯想说"不用了",被周鹭一个眼神制止。

两人推着车走了几步,周鹭说:"你送餐很忙吗?"

季绯总觉得两人这么平和地说话有点奇怪,不过仔细想想,他们好像也不是什么互相讨厌的关系,顶多算是互相有点嫌弃。

"不怎么忙,怎么了?"

"那就一起陪她吃饭吧,她看起来像是想念家人了。"

季绯沉默一会儿:"没想到你还挺细心。"

她其实也看出来了,只是惦记着自己要做的事情没有立即回应,后来她猛然间发现，周鹭不就是对家的人吗？她跟周鹭待在一起，也许就能发现两家的差别。再说，即使不跟李奶奶一起吃饭，她自己吃饭也需要时间，跟周鹭一起说不定还能打听出什么别的东西。

周鹭扭头看过来，声音含着疑惑："难道我看起来很冷酷吗？"

季绯撇撇嘴："没有。"就是看见你总有点莫名其妙的硌硬。

周鹭忽然想起一件事："对了，我上次就想问……"

话说间，两人已经走上大马路，季绯坐在电驴上，伸手去车篮里拿头盔。

衣袖随着动作往上缩，露出了那块已经改装过的腕表。

周鹭眼看着表盘里原本应该写着"Versace"的英文字母变成了"Wersace"。

周鹭："……"

假的？难道是他上次看错了？很有可能啊。周鹭心想，毕竟除了他以外，谁还会放着富家子弟不做，刻意装穷来当骑手？再说，就算真的有，也不至于这么巧被他碰到吧？

季绯等了半天也没等到他的后半句话，扭头疑惑道："你想问什么？"

周鹭又看了一眼她的表，发现这个首字母"W"真实得完全不像是后期修改过的样子，于是吞下想说的话："没什么，就是想问问你手表的链接。"

哇，周鹭果然穷得很真实啊，这一手"要链接"的操作真是赢了！

季绯捂住手表，心想她哪儿来的链接，只能转移话题："难道你想跟我戴情侣款？"

周鹭："……"

接下来，周鹭真实地演绎什么叫"心口不一"："我就是觉得你的手表太丑了，打算要链接避避雷。"

/Chapter 3/
油菜花田里的 B 大女神

距离上次的不欢而散已经过去三天，筌州又下起了雨。

春季的天气总是阴晴不定，像喜欢变脸的孩子，让人毫无办法。

骑手最讨厌的天气有三种：雨，雪，雨夹雪。季绯入行两周半，已经深有体会。好在今天的雨不大，只是"润如酥"的绵绵细雨，不至于让人寸步难行。

中国好室友徐冉冉照旧把人送到宿舍楼下，担忧道："没有雨衣能行吗？"

季绯到底还是行业新人，做事情没考虑周全，所以也一直没有买雨衣。她伸手感受了一下："应该没问题，天气预报说中午就会晴。"

季绯刚要戴头盔，徐冉冉又拉了拉她的手臂，满面为难地犹豫半天才说："绯绯，你还记得那个大二的学弟吗？"

季绯想了下："你说倪程宇？"

徐冉冉点头："是他。"

季绯其实对倪程宇的印象并不深刻，但还算是能想起他的样貌。她记得她们每次去图书馆倪程宇都会过来打招呼，人长得还挺清秀的，脖子上经常挂着副电竞耳机。不过，她已经很久没去图书馆了。

"怎么了？"

"他之前想追你,所以总问我你什么时候再去图书馆,不过昨天他忽然说……"

季绯多聪明啊,只看徐冉冉欲言又止的表情就猜到,说:"他说他喜欢的其实是你?"

"你怎么知道?"

季绯把头盔扣好:"我只是随口一说。"

"那什么,你喜欢他吗?"

季绯摇头:"我对比我小的没兴趣。"

何况倪程宇看起来有点瘦弱,她不喜欢,好像一拳砸过去就爬不起来似的。她喜欢身上有肌肉的,最好腹肌明显,身材高大,承伤方面……至少得要能够接住她两招还不倒下的那种才行。

徐冉冉语气雀跃道:"那我就同意跟他约会了哈!"

地面湿润,空气中散发着一股泥土混合着落叶的味道,不算难闻。

季绯把头盔上的镜片拉下来关好,一路小心翼翼地开到了校外的街道上,准备去吃个早餐。

这条早餐街开在 A 大和 B 大中间,地理位置不错,人也多。但季绯很少过来吃,因为校区太大,分院又众多,这里在学校后门,跟食品学院的宿舍太远。

季绯看看上次买玉米的地方,想了想,还是抬脚进了另一家,她可不想再碰到周鹭一人分半截玉米,上次赶着去取餐都没买其他的,饿了一上午。

旁边是家粥铺，季绯进去才发现里面都已经坐满了，不少人选择直接打包带走。她原地站了会儿，正准备换一家，就听见一个熟悉的声音传过来："季绯，这里。"

猛然听见周鹭叫自己的名字，她还有点不习惯，总感觉奇奇怪怪的。尤其是，周鹭声音还挺好听，是清透的，带着点儿性感鼻音，似乎还含着一种淡淡的看笑话似的和善笑意，十分顺耳。

也许这就是缘分吧，即使不买玉米了，也还是能遇见。

季绯循声看过去，果然看见周鹭坐在角落里，还是那身笔挺工服，袖子稍微挽到了小臂中央，露出了肤色健康的手腕。周鹭身边还有一个位置，旁边有人虎视眈眈。她抱着头盔走过去，一屁股坐下，断绝了旁边人的最后一丝念想："怎么哪儿都有你？"

周鹭把菜单递给她："我还想问你呢！"

菜单上的东西又多又杂，季绯有点选择困难："你吃的什么？"

"他们家灌汤包还不错，荠菜猪肉馅儿的饺子也好吃。"

"那就要这个吧。"

刚把菜单放下，本就人满为患的店里又进来一个人。那人风风火火的，穿着橘黄色工服，一口气点完东西就开始等老板打包。

季绯觉得人眼熟，多看了几眼，正巧撞上那人也看过来的视线。

"是你们啊！"那人反倒先开口了，他大步走过来，胸口上的猫咪爪子配上一张有点婴儿肥的男孩子的脸，显得更可爱，"你们好，我叫小白。"他一笑起来,还有两颗小虎牙,却有种介于幼稚和成熟之间的气息,看起来跟他们也差不多大的样子。

互相做完介绍,小白看一眼两人稳如泰山的坐姿:"你们是新手吧?"

季绯看一眼穿戴整齐的自己,再看一眼同样穿戴整齐的周鹭,真实不解:"你怎么知道?"

小白笑起来:"我入行几年了,见到的人全都赶着要去送单,一分钟也舍不得浪费,还没见过能跟你们一样端坐在店里吃饭的骑手。"

店老板手脚十分麻利,很快把东西打包好招呼人过去拿。周鹭和季绯刚起身,只听小白手机响个没完,他拿起来一看,脸颊染上几丝惊喜:"附近有家饭店大量派单,估计是下单的人太多了,他们店里忙不过来,好机会,快跟我走!"

小白说完就跑,蹿起来跟兔子一样,就差一双红眼睛。

季绯和周鹭对视一眼,连忙收拾东西跟着往外跑,两人打了鸡血似的三步并作两步,以一种追逃犯的架势冲出店门。

"哎,你们的早餐!"季绯跑得快,老板没拽住人,只能退而求其次拽着周鹭,着急且大声地吼他,"早餐不要了?"

"不要了!"周鹭急得不行,拨开老板的手拔腿狂奔,好歹是追上人了。

饭店就在长街对面,上下两层楼,细雨朦胧,只能看到复古的轮廓。

小路上车不多，一路跑过去畅通无阻。等到了店里再爬上二楼，已经有不少骑手在等着了，全都守在后厨，目光灼灼地看几个年轻厨子颠勺。

　　季绯还是第一次遇到这么多骑手，各个平台的都有，一时间各种颜色各种设计的工服仿佛群花斗艳，要争出一个高下来。

　　因为之前总是碰到周鹭，她一度以为负责这一整片区域的只有她和周鹭两个人。

　　小白还在帮忙科普，给予他们一个过来人的经验："这家店一直是商家自己配送，不过自家只有那么几个人，总有送不过来的时候，所以一到这个时候，他们就会自己派单，分给其他的骑手，有钱一起赚嘛。"

　　周鹭爬到楼梯口，撑着膝盖还有些气喘。相比之下，常年练习拳击，气息稳定且优哉游哉的季绯就显得格外沉稳。

　　周鹭还没缓过来，就听季绯略带嘲笑地说："哎呀同行，你这身体素质好像有点差，跑几步就喘。"好像不跟他互相伤害一下就不痛快。

　　周鹭："……"

　　竟无法反驳！

　　其实这也不能怪他，去年他跟着导师参与了一个农田实验，前前后后花了半年时间才算获得成功。那段时间里，他忙着实验和上课，运动量就变小了不少。这家饭店的楼梯设置又非比寻常，又高又宽，这里走一阶比平时走两阶还难受。

周鹭直起腰杆跟季绯对视，扯出假笑："请问伤害我让你觉得快乐吗？"

季绯粲然一笑，眼睛弯弯的，像是盛着细碎的星星，闪啊闪啊："嗯，有点儿。"

Bingo，完美达成笑话对方成就！

周鹭气到面无表情，原地不想说话。

旁边的小白实在等急了，双手几次抬起又放下，最后问身边的脑门上都已经冒了汗珠的厨子："你行不行？我行我来！"

被那么多双如狼似虎的眼睛注视着，厨子们双手都有点儿打颤："稍等，稍等。"

小白一双眼睛睁圆，紧盯着最里边那个连颠勺都颠不起的厨子，终于没忍住大步走了进去："你去旁边站着，我来！"说罢左手起锅，右手抄铲，胳膊使劲一个上抛，食材在半空中翻滚一次，稳稳落回锅里。

周围骑手们叫好声一片。

季绯和周鹭两只新手小菜鸟目瞪口呆。

还算和谐的气氛当中，周鹭兜里的手机忽然响起来，他走到旁边去接："喂？"

陈远阳的嗓门儿不需要扩音也听得一清二楚，奇异地自带老实人效果："鹭哥，校外那家健身馆今天有活动，两人办卡只要半价，你来吗？"

他平时自己也会去跑步做运动，腹肌四块，虽然算不上最标准，但好歹是有的，在一群只会熬夜打游戏带妹上分的男生当中，条件已经很优越了。但不知道为什么，这么几天跟季绯相处下来，他总觉得要是真打起架来可能不是她的对手。

真奇怪，季绯该不会是有什么天生神力吧？虽然烫着可爱的羊毛卷，但是一出手，干脆利落，给人的感觉却是异常酷。

想到这里，他又看了季绯一眼。只见女生靠着墙壁，黑红相间的连体工服把高挑纤瘦的身材勾勒出来，腰带扎得不算紧，却还是能看出来女生的腰很细，像是一只手就揽得住，腰部以下，腿也很长。

"鹭哥？"陈远阳有点着急，"你的小鸳鸯正在殷切地呼唤你。"

周鹭额角落下几根黑线："你恶不恶心？"

陈远阳，谐音"陈鸳鸯"，明明长了张还算不错的脸，性格却有点直，俗称"铁憨憨"。天天幻想着拥有一个女朋友，然而却母胎单身至今。其间他为了这个目标做了不少努力，却都是无用功，直到大二那年跟周鹭分在同一个宿舍，联系他的女生才多了起来，然而，女生也只是想通过他得到周鹭的行踪。可惜他帮过的女生里，没一个得手的。

"办卡吗？不要2998元，也不要1988元，只要998元，998元买不了吃亏买不了上当，但能买到一个让女生们垂涎欲滴的好身材……"

垂涎欲滴就有点过分了……周鹭抬了抬眼，又去看混迹在这群骑手里唯一的女生，怎么看季绯也不像是会对着男生身材垂涎欲滴的样子。

等等,季绯垂涎不垂涎,跟他有什么关系?

周鹭假咳了一下,然后斩钉截铁地说:"办!"

呵,免得季绯哪天又说他身体素质差。

陈远阳十分开心:"好嘞,哥!"

天气预报也不是回回都准确,比如说现在。早上刷新还说中午就是天晴,现在刷新却变成了还有几个小时的阵雨。

在路上跑了一个上午,这一单是要送去李奶奶那儿的。

之前她和周鹭都跟李奶奶约好了,每天中午都要过去吃饭。

原本想着总是蹭吃蹭喝不太合适,但李奶奶已经把话放出来了:"你们吃也是这些东西,不吃也是这些东西,我一个人吃不了这么多,你们要是不来可就浪费了!"

话都说到这个份儿上了,再推辞就显得很不给老人家面子。

雨渐渐下得大了,开始还只是滴滴点点,后来就变成了哗啦哗啦。

季绯骑着小电驴在朦胧的雨雾中穿梭,后来实在是顶不住加大的雨势,只好把车停在了附近新修建好的公园的屋檐底下,自己也躲在旁边。

屋檐仿古,青砖黛瓦,顶上立着几只小神兽。翘起的檐角上挂着铜铃,风一吹会发出叮当的响声。如果忽略这大雨的天气,还真有点说不清道不明的美好意境。

季绯先给李奶奶打了个电话，说会晚点到。李奶奶答应得很快，还让她注意安全。刚挂断电话，另一辆电驴从对面开过来。等靠得近了，她才从四面一片阴沉沉的视野里看清来人，大声道："周鹭！"

大概是被下雨的声音盖住了，周鹭又戴着头盔，喊了三四声那人偏了偏头，开着车过来。

两人都没有雨衣，站在屋檐下是一模一样的狼狈相。

周鹭抱着头盔，他额前的短发被雨水润湿了，松松地盖住了一点视线，看起来竟然有点乖，还开口抱怨："见鬼，明明说会变晴。"

季绯的注意点却很奇特："你怎么不把头盔上的镜片关上？"

不关镜片的话，开车时雨水对着脸飘，很难睁开眼，周鹭的头发就是这么被打湿的。

他捋了把湿润的头发："本来是关上的，但是碰到雨雪天气，镜片上就有雾，戴上更看不清路。"

"啊，对，你应该不知道。"季绯明白过来，然后从随身带的小包里翻了翻。

"不知道什么？"周鹭看着她的动作，正好瞥见了上次那瓶红花油。他想，女生的包包真是奇怪，明明看起来那么小，但是该装的不该装的，好像都能装得下。

季绯从包里翻出一个小瓶子和一颗美妆蛋："镜片打下来，我给你变个魔术！"

周鹭迷惑地看过去，不太信任的样子："干吗？"

季绯满脸正直,并且对他的神情表示出极大的不齿:"我难道会害你吗?"

周鹭说了一句"那可说不准",却还是照做了。典型的"口嫌体正直"。

季绯把甘油挤在美妆蛋上,照着镜片涂了一层,然后再擦掉,脸上带着小得意说:"你哈口气试试!"

周鹭举起头盔哈了口气,果然没有起雾:"神奇。这是什么啊?"

季绯十分骄傲:"护肤甘油,送你了。"

周鹭单手拿着小瓶子,他还是第一次收到这样的礼物,不免有些新奇,然后才猛然发觉,季绯给他的东西都挺让人意外的。不是什么巧克力,也不是玫瑰花,居然是红花油和甘油。虽然东西特殊,但都送在点子上,十分实用。

周鹭开始思索这次该怎么回礼。

于是这天下午再遇到,周鹭直接开车把人拦在了马路边。

彼时正是五点出头,天空已经露出一丝柔和的暖色,迟来的天晴也总算是来了。

周鹭打开小电驴的储物箱:"为了感谢你送我甘油,我也给你准备了礼物。"

季绯想起两人互送红花油的经历,不太确定地说:"不会还是甘油吧?"

那就大可不必。

周鹭从储物箱里拿出一个盒子:"当然不是。"

盒子里整齐叠放着一件红色雨衣。

健身房建在连接 A 大和 B 大的那条长街上,这是一整块的培训区。

因为旁边两大高校学生多,所以各种培训班开了不少,钢琴班、舞蹈班、跆拳道班,只有想不到,没有开不到,尽管是晚上,路上也是人来人往,络绎不绝。

周鹭跟陈远阳步行过来,进健身房领了卡。

健身房里器材齐全,他脱了外套扔在一边,随便一个动作就惹得旁边的女孩子低低赞叹。

周鹭长得的确出众,他能当上校园男神不是没道理的。在看惯了双眼皮的女生们眼里,忽然多出一个单眼皮帅哥,一下就能吸引住目光。更重要的是,他不仅单眼皮好看,嘴唇也好看,不薄不厚,上唇线弧度十分漂亮,笑起来的时候,明明有点冷漠的脸忽然就柔和起来,有种很大的反差。

陈远阳总念叨着想跟周鹭换脸是真的,要是有这么一张脸,他怎么可能会缺女朋友!

"鹭哥,看到了吗,"陈远阳凑过来,"你的周围。"

"怎么?"

"全都是桃花啊!春天果然是开花的季节!"

"……"

周鹭对桃花没兴趣，对春天更没兴趣，他现在只想好好送外卖，帮饭团公司更上一层楼。不过提到外卖，好像又想起了季绯。也不知道季绯现在在干什么，不会大晚上还在送外卖吧？

很有可能，毕竟她没钱才去做的骑手。她是全职还是兼职啊？应该是兼职，她看起来像个学生。但是这么晚了，女孩子开车危险，去其他地方送餐也危险……怎么办，还有点担心。

"鹭哥，鹭哥？"陈远阳推他手臂。

周鹭被打断思路，有点不耐烦："又怎么了？"

陈远阳下巴努了努，提醒他："人家妹子想要你电话，等半天了，你干吗光站着？"

周鹭看向不到胸口高的妹子，着实是有点矮了，不太般配："抱歉，我没有手机。"

妹子："……"

陈远阳："……"

妹子伤心地走了。

陈远阳有些鄙夷："2020年了，你居然还用这么烂的借口。"

周鹭站上跑步机，非常上进地设置了快跑模式："烂，但是好用。"

陈远阳忽然想起什么，在他旁边的跑步机上站定："对了，我听说隔壁拳击馆有个女生很漂亮，因为她，学拳击的男生都多了不少。很好奇吧，女生居然去学打拳击，难道不怕毁容吗？"

周鹭跑着步，声音不太稳："这有什么好奇的，每个人都有自己的生活方式。"

陈远阳思考了一下:"话是这么说,我还真挺好奇那女生长什么样的。该不会肱二头肌比脑袋都大吧?还是体重一百八,浑身涂满棕油?我在电视里看过打拳击的女生,一个个都挺……狂放的,她该不会跟人一见面就给对方来个肘击吧?"

说到肘击……

这一招儿周鹭可太熟悉了,不可避免地又想起一个人。他跟季绯一见面,季绯就给了他肘击、顶膝一整套,现在想起来都还是觉得小腹疼。

周鹭摇着头感叹:"啧,真是太狠了。"

不到十号,B大试验田里的油菜纷纷开花。

视野里一片黄灿灿,浓郁的芳香经由清风送进教学楼,每吸一口都是幸福的味道。

季绯上完课,正准备回宿舍楼,谁知刚走出教室就被人拦住了。来人是校园网的记者秦圆,也是农田社团的社长,身兼数职,十分优秀。

秦圆和她同一届,只是不同院。女生瘦瘦小小的,美丽得很内敛,吹着一个书生气息浓厚的bobo头,以前也跟她打过交道,她还记得。

身为校园名人,势必要参与不少校园活动,不过季绯一直比较低调,很少在公共平台晒照或者伤春悲秋什么的,所以不论是校园网还是贴吧论坛,都只能找到她大一刚入学军训时唯一拍过的一张正脸照片。

所谓一张照片用三年，大概就是这种体验：不管别人怎么搜索关键词，关于季绯的高清正脸都只有一张，其他全是模糊的偷拍。

如果不是院里还流传着她的消息，比如高考状元大学霸，比如导师钦点实验组组长，又或者从未有过绯闻，大家估计都该猜测这所谓的女神到底是真是假了，一点也没有其他学校的招摇。当然，如果有人知道她居然在送外卖的话，可能又会掀起大讨论。

"是这样的，绯绯，我们计划举办一个本校的花海拍照活动，让更多的人对试验田感兴趣，加入农田整修与维护社团，所以想请你带个头儿。"秦圆的表情十分诚恳，就差双手合十求一求了，"你也知道，试验田那么多，平时总需要人帮忙施肥除草……"

白居易在《赋得古原草送别》里形容草：野火烧不尽，春风吹又生。这也从侧面证实了野草的生长能力一绝，光靠做实验的学生去管理的话，根本忙不过来。

季绯原本还想换工服出门送外卖，但被这件事拖住了脚步，只能跟着人去重新化妆换衣服。一般来说，跟学校有关的活动她都会参加，毕竟既能丰富自身经验，又能帮学校贡献一份力，何乐而不为？

此时，B大男生宿舍。

陈远阳抱着手机，直挺挺地从床上坐起来："鹭哥，我可能找到了我的真爱。"

周鹭正在做笔记，闻言头也没抬地说："那可真棒，这次又是谁？

韩国的还是日本的?"

陈远阳兴奋地说:"谁也不是!是隔壁B大的女神!你要看看照片吗?虽然是大一时候的照片了,但是那时候真的很水灵啊!"

"不看。"周鹭一点也不感兴趣,下笔唰唰毫无卡顿。他不是什么看见漂亮妹子就走不动道的人……当然看见季绯除外,那是被她揍得走不动了,可不是他自愿的。

陈远阳却从床上跳下来,左手在下巴处比了个"八"字手势,一边对着镜子摆造型端详自己,一边还不忘询问别人的看法:"鹭哥,你说我有当女神男朋友的机会吗?"

问得很真诚,就是不太切合实际。

"你自己心里没点AC之间的数吗?"周鹭这次连敷衍都懒得敷衍了,笔尖摩擦纸张,一个个漂亮的簪花小楷字就跃然纸上。

陈远阳凑过来,只见他手底下一整页笔记工整而干净,使人看了就觉得舒心。

成绩优异,外貌出众,就连字都写得这么好,活该周鹭受导师喜欢。

而他这种,上了大学只想混吃等死的败家子,最大的梦想也就只有刷刷女神,在毕业之前找个女朋友,体验一把知乎软件说的"大学一定要谈一次的恋爱"了。

想起来真是心酸啊。

陈远阳扫一眼手机,发现上面有人发来一行消息。他阅读完毕,整个人都沸腾起来了,就差冒泡泡:"鹭哥,我再烦你最后一次,你现在能不能跟我一起去趟 B 大？"

直到踏进 B 大校园的这一刻，周鹭都是不太情愿的。

他不喜欢这样浪费时间，只为了能和 B 大女神相遇。不过陈远阳虽然憨了点，毕竟是关系不错的兄弟，他也不好拒绝。

说来奇妙，A 大和 B 大只隔了一条银杏大道，他却从来没踏足过 B 大，就连最常见的两校联谊都没参加过。

对此，陈远阳给予了充分的理解：男神嘛，总归要不近人情一点。所谓"高岭之花"，要是不离普通人远一点，还算什么高岭？

这也就导致了男神对 B 大的理解还只停留在和 A 大是长久以来的对手关系。

尤其是食品这一块，两校各有各的长处，一直明里暗里竞争着。这样的关系就很容易让人联想到饭团平台和巨饿平台。一样的发展，一样的对立，就差彻底拼出个高下。

B 大的油菜花果然开得很好，一眼望去，金黄色绵延数十里。

还未靠近，便能隐约听见蜜蜂飞舞的声音。

天气晴朗，微风和煦，万物温柔。

田埂上，挡光板遮住多余光线，秦圆小小的身躯扛着相机，到处找角度。

季绯先前就被妆造同学拉着涂抹了一个多小时，眼影、高光、腮红，一个没落下。她已经很久没化过这么齐全的妆容了，平时送外卖来不及，她经常只涂个防晒就出门。

　　按照徐冉冉的说法就是：美女嘛，随便收拾收拾就行了，化不化妆影响不大。

　　她身上穿了件禾绿色汉服，白色蕾丝大袖，层层叠叠，衣料上暗纹密布，繁复而精致，配合散落的长发，很有种韵味。因此秦圆找好角度，快门声就基本没停过。

　　这边阵仗不小，不少人都投过来好奇的视线。

　　陈沅阳像一匹脱缰野马，来到B大跟回到自己家一样兴奋，很快把周鹭这个被他好说歹说拉过来的患难兄弟抛到了脑后。

　　今天人不多，大概是B大学生已经见惯了这样的场景，来的只有一些小情侣。

　　周鹭随便拍了几张照，镜头捕捉到远处一张模糊的侧颜。他从相机里抬起视线，越过花田看了过去。周鹭净身高一米八三，很容易就找到了拍照的那一群人。

　　只可惜，被拍的女生已经由侧身站变成背对着他了。即使这样，仍然能看出女生体态优美，身形纤瘦及高挑。女生至少有一米六八，比旁边人高出一个头，光是站着，就显得格外优越。

　　上一次见到这样的女生还是……

　　呃，在昨天，是季绯。

　　季绯看起来跟他差不多大，也不知道她到底是学生还是上班族。要是学生的话，以她的样貌和身材条件，估计也是系花、校花之类的吧？

说不定也被奉为女神呢。

等等，周鹭猛然发觉自己思想好像出了点问题，他明明在看 B 大女神啊，怎么什么都能联想到季绯身上去？又不是被灌了迷魂汤。

周鹭觉得自己坏掉了。

这时，陈远阳给他发消息，问他在哪儿，要不要过去近距离一睹女神芳容。

周鹭随手打了行字，转身走了。

——你一个人睹吧。

/Chapter 4/
你今天的形象特别伟岸

B大校园网很快登出一则重磅消息,标题黑体加粗,十分引人注目:《春风得意马蹄疾,校园女神招新急》。

据说当天许多人都被这条消息底下附上的那数十张高清照片迷得心肝俱颤,浏览量直接超越以往所有消息。

招新消息发出去不过一上午,秦圆就打电话过来报喜,说社团迎来了几十位面试者,且都是孔武有力的男生。

秦圆对这次自己推出的紧急活动结果感到十分满意。

"所以说,你大一那会儿,为什么放着好好的舞蹈绘画社团不报,反而报了个最吃苦受罪的农田……农田……"

"农田什么来着?"徐冉冉发觉自己竟然连这个社团的全名都记不清,不过这也侧面证实,这个社团实在是太没存在感了。

"农田整修与维护。"季绯补充道。

"啊,对对对,就是它。"

从"整修与维护"五个字就能看出来,这个社团里的人都不是干啥轻松活儿的,像除草、洒水已经是里面最简单的活儿了。季绯以前还冒着冬天的冷雨去帮忙搭建过大棚,她似乎根本不在乎做的事情累不累。

季绯实在是徐冉冉见过的有钱人里，最不像有钱人的了。

简单、大方，说少做多，一点也不娇气。和她相处起来，根本没有电视剧里演出来的贫富差距。虽说徐冉冉也不穷，但总归不是不读书就要回家继承公司的程度。

"嗯，"季绯想了想，语调轻松，"可能是我想体验新生活？"

"……"屁的新生活。

徐冉冉放弃了。行吧，咱也不知道，咱也不敢问。

可能这就是季绯对待生活的态度吧。

自从上次陈远阳从 B 大回来，之后的几天就一直像是加入了某邪教组织一样亢奋，最大的异常表现在经常跟周鹭卖"安利"。

"我们绯宝啊，生图绝美，动图也能打！"

"你一滴，我一滴，点点滴滴是真情！"

"你浇水，我也浇，绯宝就是小娇娇！"

陈远阳一口一个"绯宝""小娇娇"，听得周鹭的耳朵都快自闭了。偏偏他没一点自觉，一刻不停："啊啊啊，绯绯宝贝，妈妈爱你！"

一向沉默着听他犯蠢的周鹭这回是真的没忍住，凉凉地看了他一眼："你是女的吗？"

陈远阳改口很快："啊啊啊，爸爸爱你！"

周鹭十分无语："你们绯宝知道吗，以为你是个真爱粉，没想到你其实想当她爸爸？"

陈远阳却说:"你不懂。"

周鹭确实不太懂。

陈远阳跟一般意义上的男生不太一样,别人喜欢打篮球,他喜欢追女团。尤其是最近新出的女团选拔节目《青春×你2》,他是一期都不落,因此跟着弹幕学了不少饭圈用语,时不时会面对着他忽然说一句:"小哥哥的脸我可以!"

对此,周鹭的回复一般是:"你可以个屁!"

十分冷漠,不近人情,切合形象。

碰巧最近几天,A大和B大联合某集团开发了一款休闲公益软件,名字叫"我的花园"。学生下载软件实名认证后就能在上面建立属于自己的花园,每天坚持在花园里面种花就可以给偏远山区筹集一些物资,目前官方放出来的物资就有各种文具、衣服,甚至还有大棚蔬菜西蓝花。

玩法简单,只要把包裹里的鲜花种子种下去就行。哪个学校种花的总数多,哪个学校就能多得到一批捐赠山区的物资。

两校相争,一时间风靡整个校园。

除此之外,还有一项特别的活动。学生们可以呼吁亲朋好友帮忙浇水,浇水可以帮助别人的花园提升经验等级,两个学校里,花园等级最高的人,将代表学校成为形象大使和活动发起者前往山区进行志愿者捐赠活动。

季绯的花园早就建立好了,在别人都还是一片黄土的时候,她的园子里已经有了零星两三朵小花，看起来生机勃勃。

浇水活动开始后，很多人在她的花园里帮忙浇水提升等级。要不是系统说过花园没有接受水量多少的限制，她都怀疑这么浇下去自己的花会不会涝死。

而周鹭，乍一听到这个活动，只说了四个字："花里胡哨。"

但话是这么说，他的身体还是十分诚实地为自己建好了花园。此时登上软件一看，他的花园等级也在日渐升高。

毕竟迷妹们的战斗力是很强大的。

陈远阳凑过来，悄悄地说："鹭哥，官方消息说自己不能给自己浇水，要不你也帮我给绯宝浇水呗，免得浪费了，她们那边有好几个女生的花园等级也涨得很快！"

周鹭把手机丢给他："你自己操作。"

陈远阳压低声音："鹭哥，我有时候真怀疑你是性冷淡。"

周鹭冷冷地扫陈远阳一眼，作势要拿回手机，陈远阳连忙一躲："别别别，你最热情似火！"

与此同时，相距不远的B大宿舍。

徐冉冉最近醉心于种花浇水，连刷韩剧追"爱豆"都没那么积极了。她刚把自己仅有的那一滴水浇给季绯的花园，忽然视线一凝，然后尖叫出声："啊！"

季绯正在阳台上晾工服，猝不及防被吓到，赶紧跑进来问："怎么了?"

徐冉冉像是呼吸不畅,嘴唇颤抖好几秒:"他给你浇水了!"

季绯不解:"谁?"

徐冉冉捂住胸口:"B大那个。"

眼见季绯露出了满头问号的迷幻表情,徐冉冉再进一步解释:"就是B大那个校草!"

观察了季绯好几秒,徐冉冉震惊道:"不会吧,你不认识B大校草?"

眼见季绯迷茫好几秒,徐冉冉长叹一声放弃了:"不是我说,这也太玄幻了吧,咫尺之隔,入学三年,你居然不认识他!"

不过仔细想想似乎也情有可原。大三之前季绯忙着学习考试,大三之后她又忙着为马上到来的大四实习期积攒社会工作经验,哪有空去在意谁谁谁长得好看?

听她这么说,季绯被勾起了点兴趣,凑近来想看一眼这个B大校草的名字,说不准听过呢?结果映入眼帘的却是一行大字"‰伤碱,妳不配*"。

"……"

这也太非主流了,简直辣眼睛。

季绯瞬间没了想要了解的欲望。

徐冉冉没注意到她的小心思,依旧激动且焦急:"现在可怎么办?你不认识他,他却给你浇水,难道是他喜欢你?"

有时候,季绯不得不服她的逻辑。

"可能人家只是手滑。"

"我'福尔摩斯·冉冉'觉得不可能这么巧,一定有内情。话说,你接下来打算怎么办?"

然而,"福尔摩斯·冉冉"不知道,她确实猜错了,这事根本没内情,如同季绯说的,只是单纯的手滑。

"什么怎么办?"

"浇水啊。礼尚往来,要不你也把你的浇给他?"

季绯举着两只湿润的手:"等我晾完衣服吧。"

"你居然为了晾衣服而忽视人家校草,这是'人干事(人干的事儿)'?"徐冉冉从床上爬起来,坚定道,"我帮你浇!"

周鹭的花园名称是系统自动生成的,如果不主动修改名字,就会一直不变。从名称点进去能看见认证信息,写着"周鹭"两个字。他的头像很简单,是一片空白。在某种程度上,他和季绯还很像,因为季绯的头像也是嫌麻烦随便选了张空白图。

此时,两人谁也没想到这么无心的一个举动,竟然会引起两大学校的讨论热潮。新浪微博里,迅速有人建起了粉丝超话,关于"路(鹭)费(绯)CP"的万丈高楼一夜之间平地而起。

【天哪,周鹭和季绯互相浇水了?】

【我嗑的冷门CP居然成真了?】

【据我所知,三年来周鹭和季绯从没有过互动吧,我估计他们连

认都不认识，楼上是怎么想到要嗑他们的 CP 的？】

【一个 A 大骄子一个 B 大学霸，一个 A 大男神一个 B 大女神，难道这还不值得我嗑一嗑吗？对立的一面是爱情啊（破音）！】

【忽然感觉有点道理是怎么回事？】

【难道只有我注意到男女神的花园名称了吗？一个是'‰伤碳，妳不配＊'，一个是'‰爱碳，妳不会＊'，请问这是什么年代的爱情？】

【这老土的网名好像是系统生成的，不过……系统居然给他们生成情侣网名？】

【不仅如此，人家的头像设置也是惊人的一致啊！】

【哭了，难道这就是紫霞仙子那句经典名言：姻缘，上天安排的最大？】

【不瞒大家，我有点期待这一对儿。】

【站一下 CP，等个后续。】

刚投完票，手机上进来一条消息。

徐冉冉看一眼，说："绯绯，你们平台好像给你发消息了。"

这话可比校草什么的有吸引力，季绯很快进来了，手机屏幕还没暗下去，一条平台消息就静静躺在通知栏里：笙州市碧湖区的各位新人骑手，巨饿平台收到外卖管理机构邀请的统一培训，周六下午一点，请各位在中央体育馆集合。

几乎同时，周鹭也收到了饭团平台发来的消息。

外卖管理机构负责所有平台外卖员的信息备案，如今开设的新平台越来越多，为了不让行业乱套，管理机构也会定期做调查，年终活动时会给管理得当的平台颁发奖项。

巨饿外卖已经连续拿了三年的"最佳平台奖"。季绯对此感到十分荣幸，毕竟这是对自家公司的肯定。不过让她感觉郁闷的是，最大的对家饭团外卖，也连续拿了三年的"最佳平台奖"。

各方面实力都均衡的两个平台，自然要被比较。

季绯以前发起过一项调查投票，题目是：外卖时代崛起，你为哪个平台贡献过最多的订单量？

答案有很多，不过巨饿和饭团这两个选项的数量遥遥领先，最惊人的是这两家基本处在同一水平，连数据都相差无几。

扳倒饭团，可能是季绯下半辈子最大的愿望。

周六和风细雨，桃花开了一路。

下雨的缘故，每棵树下的地面都盖着层粉白花瓣。

季绯穿上了周鹭送她的铁锈红雨衣在人流中穿行，不知道是心理作用还是什么，竟觉得有点温暖。她本来想去装一个雨棚，但是百度说装雨棚不仅开车速度会变慢，而且风阻会变大，经验不足的话容易翻车，所以放弃了。

中央体育馆篮球场，人声喧哗。

季绯到得不算早，场地上已经自行分出了几个区域。

每个平台的送餐员各站几队，和其他平台隔开一条道儿的距离，很有种独自美丽的感觉。

季绯走到巨饿平台队伍后面，还没站稳，就听身边几个四十来岁的骑手说："怎么还有个小姑娘？小姑娘快去前面站着，别挡到你了。"

大概因为这一句"小姑娘"，巨饿的骑手全都回过头，大多数骑手眼里流露出的都是一种小心翼翼的惊讶，有种善良的大灰狼见到小白兔的感觉，既觉得新奇好玩，又不敢靠近怕吓到了她。

然后季绯就被一个接一个的大老爷们儿送到了巨饿平台的最前方站好。

季绯这才发觉整条队伍里居然只有她一个女生。

其他平台的人也纷纷投来视线，有一瞬间季绯觉得自己像只看台上的猴。

还没来得及不自在，就听身边响起一声哼笑。她几乎是条件反射般扭头："周鹭。"

周鹭举了举手，边笑边说："我在。"

他今天来得早，那时馆里没几个人，所以就站在了饭团平台的第一排，没想到季绯居然阴错阳差站在了他身边。

环顾四周，这群人里季绯认识的也就只有周鹭了，两人虽然不怎么熟悉，但好歹也是中午一同在李奶奶家吃饭的关系，于是自然而然感觉亲切起来。她小声问："我今天看起来很奇怪吗？"

周鹭也小声回答："不奇怪。"

她又问:"送外卖的女生很少吗?"

周鹭点头:"比男生少。"

季绯:"哦。"

"亲爱的各位送餐员,下午好,我叫李一,你们可以叫我李主任。为了构建和平而又充满竞争的外卖环境,管理机构决定在今天召集大家开一个短会。"

"……"

季绯原本听得还算认真,结果二十分钟的废话过后,也跟大多数人一样,不由自主地走神了。她余光扫过旁边的周鹭,只见他依旧站得笔直,注视前方,一副虚心学习的样子。

季绯出离震惊了,伸手悄悄去拉他蓝色的腰带。

拉到第三下,对方终于有反应了,侧过脸挑起一边眉毛,即使没出声,季绯也能从他的表情里看懂一句话:怎么了?

"你听进去了?"说实话,这还是季绯第一次在听人说话时走神,怪只怪这个开会的李主任实在太能说了,话题跳跃飞快,说了半天,字词全用在吹牛上了。

周鹭诚实地说:"没。"

那你装得那么像!

周鹭看穿她的想法,有点想笑:"我其实是在思考女孩子的哲学。"

两人顶着被发现的风险小声交流,玩的就是心跳。周鹭说:"我有一个朋友,他在追一个女生,昨天刚表白,结果女生回复他'你真的很可爱'。你说是什么意思?"

季绯当即露出不能言说的表情:"你说的那个朋友,到底是不是你自己?"

"当然不是。"

他说的是陈远阳。

陈远阳宛如情窦初开的小伙子,在疯狂"安利"朋友给季绯浇水后,终于整理好心思,在软件上私信了季绯。

【陈远阳本人:季绯女神你好,我特别喜欢你。】

原本陈远阳也没奢望能得到回复,他就是单纯表个白而已,结果对方居然回复了!

于是陈远阳的心就像是不太平静的湖面又被投进了一颗小石子,一圈一圈大范围地泛起了涟漪。

【‰爱硪,妳不会*:你真的很可爱,我能感觉到你的真诚。】

于是陈远阳就陷入了狂喜、迷茫、悲伤,再狂喜、迷茫、悲伤的循环模式里。

其实季绯根本连手机都没拿到手,那是徐冉冉随手给她设置的自动回复。

偏偏陈远阳纠结半天,一直不愿意从美梦中清醒。

对此陈远阳振振有词:"她如果不喜欢我,为啥夸我可爱?但是她喜欢我,也没说同意……可她也没拒绝!没拒绝就是喜欢!"

脑回路实在清奇。

季绯听了后同情地说:"不管哪个女生这么回复,她都是拒绝的意思吧?"

周鹭笑了下,声音很淡,却是发自内心:"我也是这么跟他说的。"

两人对视一眼,几乎同时说出一句话:"你永远无法叫醒一个装睡的人。"

就在这时,李主任忽然嗓门儿一大:"大家以后都是骑手里的翘楚,汇聚一堂不容易,最近困扰咱们外卖机构很久的问题在这里也需要了解一下大家的看法……"

起因是春季多雨,晨起有雾,这段时间里,骑手们的超时率提高不少,因此差评也多,有人把真实情况匿名发给了外卖机构。

这件事引起了不少人的讨论,在骑手间也广为流传,评价不一。

李主任说:"为营造良好的外卖氛围,我们机构里准备下派人员去各个平台总部,针对这次问题做出反思,并要求平台做出改变……"

其实无非就是"该不该取消差评系统"的问题。

季绯站在最前排,还没来得及说话呢,就听人群里忽然嗡嗡嗡起来了,有人道:"咱们骑手过得苦,赚得也少,还有些顾客素质极其低下,以鼻孔看人,动不动就用差评威胁,我觉得系统早该取消了。"

"对啊对啊,最近'骑手下跪''骑手路边痛哭''骑手闯红灯'等新闻比比皆是,全都是因为害怕扣钱,拿生命在搏好评,骑手一点人权都没了……"

在一片讨论声当中,忽然冒出个与众人相反的声音:"不能取消。"

一石激起千层浪。

所有人的视线都聚集在周鹭身上,仿佛在看一个叛徒。

他笔直地站着,似乎没有被这些视线影响,单眼皮下的视线终于有了几分凉薄的感觉:"诚然,天气因素影响了我们工作,但我们既然选择了这份工作,就该承担起这份责任。骑手的责任是按时送餐,让顾客准时吃上热饭,自然原因的影响我们可以和顾客商量,但若是有骑手在这里钻空子,顾客的权益谁来保证?"

道理的确是有,但……

"你这话我就不爱听了,没人会刻意拖延时间,堵车、坐骑故障,这些都是不可控因素,怪不得骑手,万一碰见的顾客脾气大,不理解,一个差评毁掉的就是我们好几天的努力!"

周鹭并不生气,嗓音依旧不咸不淡,神情也很平静:"我们不能代表所有的人,何况系统取消了之后,有多少人能保证一直自律下去?"

又有人反驳道:"骑手超时,平台是有处罚的,确实没必要再弄个差评系统,毕竟这是扣双份的钱!"

这时,一直沉默的季绯终于听够了。她以前也考虑过这件事,确实是想取消系统的,但是真正投身于这个行业才发现,她所想的都是片面的,毕竟还是个学生。

季绯沉吟两秒:"之前我们群里有人讲过一个例子,两个顾客订了餐,一份香菇鸡肉饭,一份咖喱鸡腿饭,结果外卖到手后,顾客发现餐送错了,于是打电话让骑手重新送,但骑手忘记了原本该给顾客的餐送去了哪里,换不回来。其中一位顾客觉得没什么,所以也没给骑手打电话反映,而另一位坚持要自己原本的口味,骑手没办法,只能自己掏钱重新买一份,即便如此,最后还是落得一个差评收尾。大家觉得,这个差评该不该给?"

立即有人不忿儿:"骑手每天忙得团团转,人非圣贤,孰能无过?况且已经重新买过了,顾客确实该休谅体谅……"

季绯也是有理有据,神情淡然:"可是,错了就是错了。骑手的过失导致两个顾客都不满意,只不过有人选择了体谅,有人选择了维护自己的权利。骑手的确做出了补偿,但是谁又能补偿这位顾客损失的双份时间呢?大家都是上班族,说不定顾客临时出差、开会,没时间再吃了呢?别人饿着肚子工作,为什么不能给差评?"

其余人声音慢慢淡下去了。

周鹭赞赏地看了季绯一眼,尽管他们一共也没接触过几次,此时却觉得两人想法是一致的。他道:"没错,大家都不容易,能够互相体谅的,就互相体谅,不能够的,就只能该怎么样就怎么样。差评系统可以改进,但不能取消。"

季绯点头:"有压力才有动力,可以改进,不能取消。"

听到这里,大家都冷静不少,每个人都考虑自身,但很少有人考虑别人,不得不说,他们说的话是有道理的。

普天之下，可不是每个人都能跟家人一样理解、包容自己的。

李主任也对此露出了笑容，心想，长江后浪果然是推着前浪的。

又讨论了一会儿，李主任恰当地将这个话题转移开来："接下来，我们就要进行一个口号对喊游戏，以此鼓舞士气，振奋军心，激励大家以后努力工作，买房买车，走上人生巅峰！"

"什么活动？"周鹭一瞬间怀疑自己听错了。

口号对喊，这是什么妖魔鬼怪？

李主任说："不同平台的骑手，请自己找伙伴，两两一组，面对面站好！"

季绯转过身，面对着周鹭："不会是我想象的那样吧？"

就在这时，李主任说："游戏开始！"

季绯的想象成真了。

她眼睁睁看着所有人扯开嗓子大声喊着平台的口号，似乎要对比谁的声音更大，最为可怕的是没有人觉得不对劲。

混乱的环境中，两个犹如雕塑般石化静止的人引起了李主任注意，他走到两人边上，左右看看，真实疑惑："你们为什么不喊？"

季绯心里一串乱码，心想，您不觉得这个场面过于"沙雕"吗？

但他不觉得，领导的心思一般人猜不透。

李主任先是煽动气氛，跟周鹭说："来啊，年轻人，都燥起来啊，年轻就是力量！年轻就是革命的本钱！"

嗓音颤抖，声线破裂。

简直不忍卒听。

周鹭嘴唇痛苦地动了几下,然而就像是被什么东西扼住了咽喉,发不出声来。他过不了自己那一关,更别提季绯还站在他对面。

李主任充满鼓励地看着他。

周鹭咬咬牙,最终还是眼一闭心一横,念出了饭团外卖的标语:"三餐到,美味到,饭团不让你饿到。"

几乎一字一字,咬得死死的。

以前还没觉得这个口号有什么问题,现在念完,简直羞耻到了极点。

在他话音落下那一刻,李主任猛地一拍手掌:"对啦!完美!"

李主任又看着季绯,对她怀以同样的希望:"小姑娘,到你了!"

这一刻,犹如死神敲响了钟声,季绯感觉自己此刻格外可怜、弱小、无助。她去看周鹭,发现周鹭竟然罕见地红了脸。这就有点新奇了。她认识周鹭这么久,还是第一次在他脸上看到这样的表情。于是季绯暂时摒弃了其他想法,一咬牙也念了出来:"心香约,爱香随,巨饿陪你过春节。"

李主任赞许道:"加油,大点声!"

周鹭提起嗓子:"三餐到,美味到,饭团不让你饿到!"

李主任看向季绯。

季绯脖子一梗:"心香约,爱香随,巨饿陪你过春节!"

在体育馆大背景的衬托下,居然还真有了几分豪情壮志。

周鹭每提一个调,季绯就自觉跟上去一个调,对喊到最后,两人都喊出脾气来了，非得把对方的声音压下去。你一句我一句，全都面红耳赤，沉浸在自己的世界里，连游戏什么时候结束了都没发觉。

寂静的场馆里，众人只听一清朗男声和一明亮女声憋足了气息大喊：

"三餐到，美味到，饭团不让你饿到！"

"心香约，爱香随，巨饿陪你过春节！"

像是在比嗓门儿，谁的声音更大就代表哪个平台更好。

几个回合下来，越喊越上头，旁边的人拉都拉不动，场面一度十分混乱。

李主任对此感到很满意，宣布结束后悄然离场，正所谓：事了拂衣去，深藏功与名。

最后还是跟两人还算认识的小白不知从哪个角落钻进来，一手拉一个，夹在中间脸热地说："够了够了够了，你们真的够了！歇口气，先歇口气！"

季绯和周鹭原地坐下，大概是刚才喊得太真诚，现在互相看不顺眼，哼一声又动作基本一致地转过身去。

一分钟，两分钟，三分钟过去。两人理智回笼，同时想到，他们刚才干了什么？他们对喊口号就算了，最后还喊出情绪来了？

窘态毕露，这也太尴尬了！

空气里都是令人窒息的味道。

和事佬小白左右看看，绞尽脑汁转移话题，为他们提供台阶："那什么,你们走不走啊?馆里都空了,别耽误赚钱。"

季绯跟周鹭同时:"走!"

一秒钟也不想待了。

为了尽量避免尴尬,季绯决定跟周鹭岔开时间,她先一步离开体育馆。

三分钟后,周鹭慢悠悠晃出来。

但即使这样,季绯也没能在第一时间离开,她被人堵在门口了。

外面已经放晴,光线明亮,雨后天空中挂着一弯淡淡的彩虹。穿着饭团工服的男人伸出手臂拦住她:"美女,留个联系方式啊?刚才说得那么起劲,给我都看愣了,看来你挺有想法啊。"

季绯抬眼,只见这几个人靠墙的靠墙,抱臂的抱臂,脸上都挂着点不怀好意的笑,像是中学时候校外堵人的小混混儿。不过季绯就读在贵族学校,即使是不学无术的小混混儿,那也都是公子哥,跟他们有着明显的差别。

不管是哪一种小混混儿,季绯都不喜欢。她转身就走:"不留。"

那人抓住她的手臂:"留一个啊,不留不让走。"

这可真是……

青天白日,朗朗乾坤,一点也不客气啊。

季绯原地深吸了一口气,心想上一次跟人动手是在驾校门口,那是她不小心弄错了,这回可不会再弄错了,不仅不会弄错,她还抓住了饭团平台员工行为不规范的典型，到时候完全可以举报。这么一想，似乎也不亏，正想反手拧住男人的胳膊，结果还没来得及，就听身后有人说："你们在干什么？"

这声音极熟悉，不是平时的清亮，反而沉了下来，带着几分压迫，隐隐藏着怒气。

他很快走近，拽住男人的手甩开，把季绯护在了身后。

季绯觉得自己好像有点毛病，可能是脑子里某个零件不对劲，因为这个时候她注意的点居然是：周鹭生气了？

今天一天，她见识到了很多个不一样的周鹭。

眉眼带笑的，脸红害羞的，冷静理智的，羞愤大声的，尴尬溢出屏幕的，以及现在怒发冲冠为红颜……呃，为季绯的，红颜倒还算不上。

男人不耐烦地皱起眉："你什么人啊？小兄弟，劝你别乱出头。"

周鹭没想到饭团旗下居然有这种人，还正好让他碰见，一时只觉得恶心，这样的人去送外卖只会影响顾客，也影响饭团的口碑。

他忽然伸手，一把拽过男人的工服领口。

男人没料到他会直接动手，一时间还有点发愣，半天才想起来反抗，但他一动，周鹭另一只手就钳了过来，力道大得让人感觉像是被铁紧紧箍住。

直到男人被甩开，周鹭嘴唇动了动："工号 15328。"

男人摸不清楚他的意图："你什么意思？"

周鹭就当着所有人的面，从工服口袋里摸出手机，然后打给了自家公司："喂，我是员工周鹭，我举报平台骑手骚扰女性，工号是15328，请求开除。"

男人的眼睛霎时睁大了，他身后其他看戏的人表情也僵硬了，转而全都变得有点震惊，似乎没想到周鹭能做得这么绝，还不怕被报复。大家年纪也上来了，说到底谁愿意就这么丢掉赖以生存的工作呢，一时间几个人推推搡搡，全都跑了。

季绯刚才对饭团升起的厌恶之情顿时退却不少，她站在周鹭身后，发现周鹭的身影能把她挡得严严实实。他的后背宽阔、挺直，竟让人觉得安全。

这一刻，她忽然觉得周鹭很帅！这种帅不是来自外貌。

饭团的举报平台一般是客服接通，然后进行核实，需要等一段时间，但周鹭觉得没必要再核实，他都亲眼见到了，就直接打给了总部。

总部的人接到自家公司大少爷的电话，一刻没敢停，飞快地给办好了手续。

面前的男人呆滞地接到电话，客服甜美的女声却像是带着刺一样扎得人心发慌："喂，工号15328骑手您好，我们这边了解到您工作时间存在不正当举动，您被解雇了。"

前后不超过五分钟时间，男人却跟过了几个秋一样，颓然坐在了台阶上。

季绯一时被周鹭帅晕了头脑，竟然也忘了思考为什么饭团解决事情这么快速，甚至连核实确认这一步都没有做就直接把人解雇了。

周鹭拉着季绯往外走，冷声说："奉劝你一句，少做缺德事，否则你在哪一行都干不久。"

走出十几米，周鹭才发觉自己还拉着季绯，女生的手腕藏在衣袖里，即使隔着衣袖，也能感觉到细瘦，好像用力就能折断。他松开手："对不起，是我们平台管理疏忽了，我会打电话让平台给你赔偿的，毕竟我亲眼看见。"

季绯摇头："我没什么事，也不需要赔偿。"

她其实还有句话没说出口：我没事，你要是不来的话，有事的可能是他们。

想了想，季绯还是抿唇夸赞道："对了，你今天形象特别伟岸。"

周鹭一愣，继而笑了，三月的天气都没这么温柔："那，再见？"

季绯俏皮地抱了抱拳："告辞。"

周鹭笑着目送季绯开了电驴离开，又给公司又打了个电话，让他们商量赔偿慰问事宜，毕竟让人家小姑娘受惊了，是他们不对。

电话刚挂断，一条消息就跳出来。周鹭扫一眼，原本就不太明朗的心情更加阴了一层，笑容也完全拉了下来。

【萧峰：鹭哥，出来喝一杯。】

醉人的酒味弥散在空气中，连角落里都挤满了人的酒吧气氛正是最浓烈的时候。

DJ 拿着话筒站在台子上，跟着音乐带头律动。

857（feel my bass）的旋律被效果震撼的音响播出来，贯彻整间酒吧，台上台下所有人都跟喝多了似的开始摇晃，五彩灯光到处闪烁，女人的头发甩得想要起飞。

周鹭一向不太喜欢酒吧，觉得音浪太强，刺激耳朵，灯光太闪，又刺激眼睛，总之哪儿哪儿都让人感觉不舒服，有这时间还不如躺在宿舍睡一觉。

周鹭凭借着自己对萧峰十个月前的那点记忆找到了人。他正懒懒散散窝在卡座里，大晚上的鼻梁上却架着一副墨镜。这的确是他的特点，跟正常人不一样。

看到周鹭，萧峰把墨镜推到脑袋上："哟，鹭哥来了，大学霸啊，约到你可不容易。"

周鹭权当没听见他的阴阳怪气，把车钥匙一丢："什么事，说吧，说完我就走了。"

萧峰下意识地去看周鹭的车钥匙，这是他一直以来的习惯，可以观察到别人混得到底怎么样。然后他看半天也没看明白是个什么牌子，他以为是什么小众奢侈品牌跑车，结果周鹭挑了挑唇说："别看了，小电驴。"

萧峰："……"

这一手操作，真是骚到极致。

周鹭闭了闭眼，伸手捏了下山根："说吧，别耽误我时间。"

就在萧峰以为周鹭下一句话会是"分分钟几百万上下的生意",毕竟他是饭团的继承人,结果他又加上一句:"说完我还赶着去送外卖。"

萧峰:"……"

周鹭跟萧峰算是一起长大的,萧峰比他小半岁,不过到现在关系也就那样。

萧峰以前在中学就是出了名的小霸王,成绩一塌糊涂,性格却极其嚣张,长到现在可以说是越长越歪。他前不久才被家里解除禁闭,原因是跟人打架斗殴。萧峰的拳头没轻没重,差点要了对方的命。而斗殴的理由也十分荒诞,只是因为那人跟他看上了同一件西装并且不肯让出来。

可想而知周鹭知道事情的原委后是什么心情,真是既无理又好笑。

萧峰把酒推过去,整个人看起来还算平和:"因为你,我爸把我的卡停了。"

周鹭淡淡笑了下:"跟我有什么关系?"

"是你给我爸打的电话吧,那老头差不多关了我一年。"

周鹭放松身体靠近座椅里,感觉跟萧峰沟通有点困难,他也懒得绕弯子:"萧伯伯关你禁闭、停你的卡,原因是你差点把一个人打死,而不是我阻止了你。"

萧峰瞪着眼睛,有着和周鹭不一样的想法:"你如果不说,就不会这样!"

"错的是你打人这件事，别瞎扯什么其他的。"周鹭是真的笑出了声，冷冷的，像冬天树叶上覆盖了一层寒霜，"难道我就该眼睁睁看着你把人打死？你今年几岁，还以为跟读书时候一样未满十四岁不负刑事责任呢？"

萧峰咬着牙："果然，文化人说话就是不一样。"

周鹭沉默一瞬："抱歉，我以为这是每个人都知道的东西。"

萧峰直视着他："今天我就问你一件事，我们还是不是兄弟？"

周鹭抬起薄薄的眼皮，他的冷淡浑然天成，一点也没有装出来的虚弱感："不是。我今天来就是为了告诉你，以后你的事情都和我无关，你又让谁怀孕了这种事，不需要告诉我，我真的不想知道你的生活有多糜烂，也不会帮你瞒着伯父伯母。"

以他的性格，当初要不是萧伯伯让他照看着同班的萧峰，他是连话都懒得跟萧峰搭一句的。

可能是话说得有点狠，萧峰好久都没接茬儿。

周鹭也不介意，他不太畅快，摸出手机找了半天联系人也不知道该跟谁说说。本来他脑子里第一个想到的是季绯，但是他跟季绯显然也没有熟悉到互留电话的程度。

选来选去，最后视线定格在了一个畅聊号上：绯绯心事。

【一行白鹭：在吗？聊聊天。】

【绯绯心事：在啊，正好我也缺个树洞，不过还是你先说吧。】

【一行白鹭：你先说吧。】

【绯绯心事：不，你先。】

季绯心想，别推辞了，再推下去谁都说不了了。

她这边倒是没什么大事，就是又被爸妈逮住一起吃饭了而已。

原因是她下午打电话回家时不小心提了一句自己被人拦住的事情，结果她爸妈半小时后就出现在了学校里，好说歹说还是不想让她继续当骑手。

当父母的都这样，把孩子看得比什么都重要，季绯对此表示很理解。

周鹭把事情简单地说了一遍，他说话很简略，省去废话，只剩下两行字。

没过几秒，对方粗暴地回复他。

【绯绯心事：吃饭吧，兄弟，不高兴就吃饭。没什么是一顿外卖解决不了的，如果有，那就两顿。】

周鹭看着这一行字，愣了下，然后忽然笑了笑，真心实意地，他真的打开软件，随手订了份炸鸡和年糕。

他点完了才注意到萧峰还在旁边，因为要等外卖反倒不急着走了。

萧峰看了他半晌，忽然站起来："好，很好，正好我看你也觉得碍眼。"

萧峰仰头灌完了一杯酒，头也不回地走了。

彼时西餐厅里，季绯通过巨饿的新手外卖群接到了一个特殊的单子。

接单的是群主的亲戚，注册的是饭团平台骑手，但这个亲戚在去取餐的路上摔了一跤，这会儿正由群主陪同去医院，需要有个人替他亲戚去接那个单子。

大概因为中间辗转的时间久，没什么人愿意帮忙。

季绯坐在自家爸妈面前，如芒在背，正嫌自己没理由开溜，立刻就接了，然后以送餐为由，快速离开了西餐厅。

她还是第一次接别的平台的单子，所以当她穿着巨饿的工服拿走属于饭团的外卖时，服务员的表情是极度不信任的。

季绯解释了半天，才在服务员犹有怀疑的目光中离去。

订餐人是周某，地址居然在酒吧。

居然会在酒吧订外卖，这也是头一份儿了。

季绯踩着夜风的频率，十分迅速地到了酒吧门口。这是一家看起来就十分高档的酒吧，设计独特，内部空间很足，人极多。

季绯本来想给这个周某打个电话，但这会儿酒吧里似乎正准备搞什么游戏，四周忽然关了灯，视线里一片漆黑，只剩下中央舞台是亮的。满室喧哗，别说听清楚电话里的顾客说话了，她连自己的声音都听不见，打电话的举动就显得鸡肋无比。

原地站了会儿，季绯手机忽然一闪，闹钟提醒她快要超时了。为了不让群主那个亲戚背负一个差评，她深吸一口气，拨开身边的人群，大声道："让一让，麻烦让一让。"

她很快接近了舞台，台上的 DJ 正好靠着边缘跟人商量什么事情，季绯等他们说完才凑过去，拿手掌挡在嘴边大声说："您好，能借用一下您的话筒吗？"

DJ 不明所以，但美女总是有特权的，他彬彬有礼道："当然可以。"

于是在场所有人，全都听见话筒里传来的声音："您好，请问周某在吗？周某，您的饭团外卖到了！"

众人："……"

现场忽然之间安静了。

坐在角落卡座的周某本人，心情诡异地好了。

/Chapter 5/
三年形象，毁于一旦

有道是"人间四月芳菲尽"，筌州城区大，没有山中寺庙，所以也无法求证桃花到底有没有"始盛开"。

不过校园里、马路边，桃花是落光了的。

已经过去一个月，周鹭仍然对那一晚在酒吧的境况耿耿于怀。

上百双眼睛紧紧盯着他接过外卖，那些陌生人的眼睛里盛满了震惊、不解，以及"这怕是个傻子吧"的肯定，让人无地自容。

激动的心，颤抖的手，一路无言颠着走。

要是有条地缝，他肯定钻进去。

从酒吧出来才发现已经到了午夜，街上行人很少。

天空挂着一轮月亮，弯弯的，又细，皎洁无瑕。

树叶在地面投下影子，经马丁靴踩过，短暂的出现分割状态。

酒吧附近有个专门停放两轮车的地方，季绯和周鹭的车都放在那儿。

季绯忍了半天，问他："你一个人在酒吧啊？"

季绯不确定道："借酒浇愁？"

周鹭单手捂着脸，不忍再回想："愁更愁！"

两人先后把小电驴从角落里挪出来，周鹭听季绯说起自己为什么会配送饭团外卖的订单，就连两人一直走的同一条道回学校都没发觉。

直到一个拐角后到了以往吃早餐的地方，季绯察觉不对："你干吗跟着我？"

周鹭一直跟她并驾齐驱，两人刚好维持了安全距离。

"谁跟着你？我还想问你呢。"

季绯漂亮的眼睛眨了眨，想出一个好办法："我说三二一，咱们各自指出要去的方向。"

周鹭欣然点头："我同意。"

"三，二，一，开始！"

两人伸出手，刚好指着一左一右两个方向。

原来如此，看来他也住这附近。季绯略微加速："告辞！"

彼时的周鹭压根儿不知道，短短几秒，季绯想了很多。

怪不得好几次都在这边碰见他。

经过季绯聪明的脑袋一思考，她很快就猜出了周鹭的身份，他就是一个居住在学校附近的普通上班族！

大学里不少人会在外租房住，因为学校附近的房价会便宜一些。这么想，一切都说得通了。毕竟，适合大学生的工作那么多，没几个人会和她一样选择出来送外卖吧？

也怪不得周鹭会去喝酒，一定是成年人的生活压力太大了。

凭借各种信息的拼凑外加设身处地的猜测，季绯感觉自己好像有了解一点这个对家了。

仲春与暮春相交,是清明。

清明当天,学校放假三天。虽然是个有点儿伤感的日子,但不少学生还是兴高采烈的。

对于学生来说,没有什么是比放假更让人开心的了。

小雨淅淅沥沥,敲打在嫩绿的芭蕉叶上,然后顺着纹路掉下来。

李奶奶一早就打了电话过来,问她今天回不回家,毕竟祭祖的传统留在那儿。可惜前几天季先生和白女士出差了,粗略估计半个月回不来,祭祖的事情也就只能搁置。

李奶奶又问:"那你们今天忙不忙?"

不知道为什么,李奶奶总觉得她和周鹭很熟,以至于每次发问,问的都是"你们",而不是单独的"你"。其实两人只是偶尔送外卖碰见就点点头说几句话的关系,到现在他们都没交换过联系方式。

这场雨看起来有慢慢变大的趋势,天气预报显示会一直持续到下午。

她琢磨一下:"可能会提前收工。"

李奶奶便笑着说:"那就好。你和小李今天都早点儿过来,咱们一起做青团吃!"

乌云低沉,笼罩在城市上空。

十一点左右,雨势变大,从淅淅沥沥变成哗哗啦啦。豆大的雨点砸在身上,顺着雨衣滑落下去,汇聚成好几条支流。

季绯的最后一单就在朝霞路附近,送完就直接去了758号。

铁门早打开了,特意等着他们到来。

院子里没有对家那辆眼熟的小电驴,看来周鹭还没到。

以前都是周鹭抢先,今天周鹭忽然不在,反而让人觉得不太适应。雨水浇下来,季绯有点担心,这种天气向来最容易发生意外。

李奶奶拍拍她的手,像是宽慰:"绯绯,去院子里摘几把艾草过来吧,旁边有伞,别淋湿了。"

艾草是做青团的主要原料,也是消炎止血的一味药材,大约用途广泛,李奶奶沿着围墙种了一圈,靠近就能闻到清新的艾草香味。季绯打着把小红伞,时不时看看腕表,又看看铁门,等手里摘了一大捧缀着水珠的艾草后,铁门处终于开进来一辆小电驴。

季绯立马站起来,隔着连绵的雨幕看人,视线在他身上流转,像是在确定没发生什么不好的事情,比如摔跤之类的。

"你来了啊,今天怎么这么晚?"

"手上单子地方远,绕了好几次路才找对地方,已经超时了。电梯不能坐,顾客态度也不好,差点收到个差评。"周鹭迅速把车停好,倒也不像是在抱怨,只是简单的陈述,"一个差评减二十块,一个投诉扣两百块……"

"为什么电梯不能坐?是坏了吗?"季绯疑惑道。

"也不是,只是旁边贴了张纸,写着'外卖员与狗不得入内'。"

即使经由对方这么轻飘飘地讲述出来，季绯也仍然气到握伞的手都发抖："这太过分了吧，外卖员也是人啊！"

周鹭停好车，又听女生有些微弱的声音说："你现在是不是很委屈啊？"

他偏过头，正好看到女生无意识地嘟起的嘴巴，和一张已经明显皱起来的脸，几乎把"感同身受"四个字诠释了个彻底。

本来是挺委屈的，单子即将超时，还要用双腿爬上十三楼。但他笑了笑，编了个结局完美的故事："没事，不委屈，那张纸被同一栋楼的住户撕掉了。"

为了不继续这个话题，周鹭很快说："你过来一点。"

季绯听得很认真，还想问问他顾客是不是像网上曝光的那些人一样不把骑手当回事，结果听他话题忽然一转，一时间还没反应过来："啊？"

她傻傻地站在原地，脸上都是茫然。

周鹭正准备脱雨衣，闻言有点无奈："你过来一点，帮我遮遮雨。"

"噢，来了来了。"季绯走过去，听话地帮他撑着伞，嘟嘟囔囔，"连名字也不叫，使唤我倒是一点也不见外。"

周鹭垂下眼睫，忽然说："季绯。"

女生抬眼，还带着种为骑手们不满的情绪："又干吗？"

本来他想说"谢谢你担心我，谢谢你关心我"，话到嘴边，就变成了："你不是想让我叫你吗？"

季绯："……"

真是哑口无言。

李奶奶家的小别墅里，有个看起来与周围环境格格不入的老式厨房。

石灰墙面被柴火烟气熏得有些发黑，土灶上面还用竹竿吊着几块熏制完成的腊肉。

这场景只在老家时见过，那时候家里的土猫总是上蹿下跳想吃熏肉和熏鱼，但总是失败。

季绯小时候生活在乡下，后来季长庆开始着手研发外卖软件和体系，逐渐有所成就，终于在她十岁那年，举家迁入了筌州城。

一晃，十几年就过去了。季长庆的外卖软件也在她十五岁时取得了巨大成功，并且开始稳定运营。如果说饭团是外卖界的老将，那么巨饿就是横空出世的一匹黑马。

而季绯低调，除了徐冉冉，几乎没人知道她的身份。

所有人眼里，季绯优秀、勤劳、不怕苦也不怕累，时常在试验田一待就是一天。大家都在私下讨论，有人赞许，自然也有些人不屑，觉得她是装出来的辛劳人设，只是为了吸引别人的注意，坐稳女神宝座而已，实际只是个娇娇小姐。毕竟谁会穿着那么贵的衣服下地呢？当然，这衣服也可能是盗版，毕竟大多数人看不出来。

季绯非常冤枉，她哪有时间去装人设？吃饱了撑的没事干吗？

事实上，这些事情都是她从小就学会了的。锄地，播种，杀虫，她每一样都做过。

"嫩艾草、小棘姆草等植物放进大锅，加入石灰蒸烂，再漂去石灰水……"

李奶奶在旁边讲解，两个小辈就一个负责烧柴火，一个负责搅拌，场面倒也显得其乐融融。

只是好不了一会儿，就听季绯喊起来：

"周鹭，你到底会不会烧火啊？火要灭了！"

"我还想问你会不会搅拌呢！你没发现都变成一团了？"

"……"

两看相厌，季绯跟周鹭同时说出一句："要不你来？"

似乎非得较着劲儿，又是同步的一句："我来就我来！"

两人交换位置，互相揽了对方的活计，攀比心瞬间爆表，直到东西都熬完了，还要问一句："李奶奶，你说我们俩谁做得好？"

李奶奶露出慈爱的微笑："都好！都好！"

这话当然是不能信的。两人又对视一眼，这回倒是没有冷哼着偏开头，反而愣了一秒后，互相对视着忽然哈哈大笑起来。

等笑完了，季绯开始算账："你为什么笑？"

周鹭直不起腰，指了指她那头时尚的棕黄色羊毛卷发："炸开了，你像那什么，金毛狮王！"

季绯:"……"

这回轮到周鹭反问:"那你又笑什么?"

季绯微微一笑,发自肺腑地说:"你脸上黑了,像中华田园猫。"

中华田园猫,又名小土猫。

谁也不放过谁,非得互相伤害。

之后的步骤是揉面,把刚才熬出来的艾草水揉进糯米粉当中,做成碧绿色的面胚,再摘下半个手掌大的一团,搓圆捏扁好几次,往中间包进馅料。

揉面的时候两人又斗起来了,起因是周鹭在甩手时不小心把手上的糯米粉甩到了季绯嘴上,生的糯米粉就这么糊了她一嘴。

季绯睚眦必报,当即伸出手要去糊他的脸。

"对不起!"周鹭反应极其迅速,立马躲到李奶奶身后,"奶奶救我!"

"你出来!"季绯气到质壁分离原地升天,"你有本事别躲啊!"

周鹭一动不动,拽着李奶奶不松手:"我跟你道歉了!"

"道歉有用要警察干什么?"

"真是冤家!"李奶奶笑骂道。

一个小时后。

蒸笼里钻出几缕淡淡的清香,是混合了艾叶和各种绿色植物的味道,沁人心脾。

李奶奶打开盖子,朦胧雾气中,一个个圆圆小小的青团软软伏在笼布上,看起来乖乖的。她把蒸屉端出来,放在方桌上。

青团有很多种馅料,豆沙、咸蛋黄、猪肉丝、咸菜、春笋,是不一样的鲜香。

季绯先夹给李奶奶一个,然后视线开始在一堆长相差不太多的青团里找出另一个:"周鹭,辛苦了,这个给你。"

为此,周鹭大受感动,也回给她一个。

之前包馅儿的时候,季绯去了趟厨房,本意是想拿点生抽,但她眼睛太尖,看到了角落里放着的苦瓜片,于是切碎了混进青团里,还做了个小小的记号用来区分。

现在,这个苦瓜青团就在周鹭嘴边。

季绯柔柔一笑,心想等一下他就知道厉害了,于是自己也开心地咬了一口青团。

然而嚼了没两下,她就感觉到不对劲了。

怎么这么辣?

这不是普通辣椒面的辣,也不是麻辣鲜香的辣,而是一股刺激的、呛人的辛辣!

日本人通常用生鱿鱼片蘸着这东西吃。

是芥末!

季绯被呛得眼泪都快掉下来了,气到脸颊、脖子一块儿泛着粉红:"周鹭!我不能吃芥末!"

反观对面，周鹭根本没比她好到哪儿。他吃了苦瓜青团，开始还没觉得有什么不对，等吞完了一回味，脸颊跟苦瓜简直成了同一种颜色。

感受着口腔里的苦味，周鹭痛苦地皱眉大喊："季绯！我苦瓜过敏！"

三分钟后，季绯跟周鹭互相搀扶着上了铁门外的出租车。

今天大雨，又赶上清明假期，路上车流熙攘，堵得厉害，赶到医院花了将近一小时，原本没出现症状也全都随着时间显露无遗。

市中心医院，皮肤科。

走廊的长椅上，并排坐着两个人，在这略显空荡的科室门口，显得格外打眼。

原因无他，过敏导致两人脸上、手上全都红一块白一块地长了疹子，看起来还有要变肿的趋势。

偏偏前一位患者从进去到现在都还没有要出来的意思，两人只能尴尬地坐着，感受着空气里淡淡的消毒水味，和萦绕周围的沉重窒息感。

拜托，谁能想到啊？随便包点馅料进去，居然会害得两个人全都进了医院。

万中无一的概率，被他们俩一起碰到，这得是多大的运气。

终于，季绯伸手挠了挠发痒的脸，打破了安静的氛围："我说，咱们去买彩票能中奖吧？"

她也就是这么随便一想,想到就当作玩笑一样说出来了。谁知周鹭沉默了一会儿,从兜里掏出手机,点开了一个软件,递过去给她看。

季绯不解,怀疑地接过来一看。她发现软件名叫"天天中彩票",系统显示,半小时前,周鹭买了200块钱的网络彩票。

"……"

从某种程度来看,两人是真的心有灵犀。

季绯把手机还回去,忽然想起一件事:"你什么时候放的芥末啊,我怎么不知道?"

"让你知道那还得了。"周鹭边说边忍不住痒意,抓了抓脸,"就在你去厨房的时候。"

那管芥末就放在桌子上,他随手就挤了一点,为了不露馅,只挤出来半个指节大点儿。

好在两人症状轻,除了起红疹外加发肿外,没有什么头晕恶心喘不上气的症状,医生给他们的建议几乎一模一样:

"先去吊水,吊完了去大厅药房里取外用药。这几天都要过来吊水消炎,直到好转为止,养病期间不要用手去抓挠患处,容易感染溃烂,同时吃东西要忌口,多吃蔬菜水果,少吃大鱼大肉。"

两人被护士安排着面对面坐好,周鹭手上扎着根针,头顶挂着个吊瓶。单眼皮的人脸肿起来后绝对算不上好看,原本挺漂亮的眼睛只剩下条缝,跟没睁开似的。季绯笑出声来,并且笑声越来越不可自抑。

到最后,护士不得不提醒她:"小姐,你先冷静一下,你这样一直笑,我没办法扎针。"

季绯控制不住,抖着肩膀:"我……我尽量。"

周鹭也不生气,可能是脸上已经看不出表情了,眼睛又小,总之人还算平静。他再次拿出手机,在季绯的灼热注视下,对着她的脸拍了一张照片,然后将手机翻转过来,让她能够看清楚。

同样的猪头脸,同样的红疹子,甚至因为季绯今天涂了点润唇的变色唇彩,此刻整个人看起来十分油腻且狰狞,一张嘴像个要吃小孩的怪阿姨。

季绯真诚地说:"我劝你善良。"

下过雨的天气格外舒服,不冷不热,凉丝丝的。

连续一周的大雨小雨已经将整座筌州城冲刷干净,放眼望去,视野里一片青绿。

食品学院里的白碧桃开了大片,已经到了盛花期,一朵朵洁白的大花里能看到很多很细的淡黄色花蕊,芳香扑鼻。

白碧桃树是往届学长学姐们嫁接的,成长得很好,每次开花都能吸引大批人过来拍照。徐冉冉就是白碧桃的忠实粉丝,就连跟季绯一起去社团的路上经过都忍不住诱惑,非要季绯拿手机帮她拍照。

给徐冉冉拍照是很费时间和精力的,毕竟她十分挑剔。全身照必须显腿长,半身照必须显腰细,每张照要集人物、景色、意境于一体。

不夸张地说，相比起给徐冉冉拍照，季绯还是更喜欢去农田里除草，更何况今天天气还不错。

不过看在徐冉冉主动说要给农田社帮忙的份儿上，她还是屈服吧。

昨天晚上，徐冉冉终于结束了和小一届的学弟倪程宇的暧昧关系，正式决定放弃刷韩剧的时间，跟他在一起了。

昨天脱单，今天就能放弃和小男朋友一起在英雄联盟里甜蜜双排，反而跟她一起去地里干农活儿，这么感天动地的行为，帮她多拍几张照片又怎么了！

季绯身上的疹子消下去还没多久，前几天可以说是过得十分艰难。

每天上课都被人目不转睛地盯着就算了，有一天连辅导员都没忍住好奇跑过来找她，诧异地问："你这是怎么了？"

她当然不好意思说是被人阴了一把，只能摸着脸上唯一完好无损的鼻尖含糊过去："不小心吃了芥末过敏了。"

课堂上有人偷拍了季绯的照片发在路费 CP 的超话里，正巧隔壁 A 大也有人时刻注意着关于周鹭的消息。

这人发了三张图片。

第一张是远景，周鹭立在教学楼前，只是一个简单的、身穿蓝色卫衣和黑色牛仔裤的背影，也透露出俊朗和疏离。

第二张是距离慢慢拉近了，从上往下随便一拍，周鹭的宽肩、窄腰、大长腿也仍然没有被拍摄角度丑化半分,让无数少女口舌生津,疯狂尖叫要打call。

第三张可就更厉害了。

正当迷妹们欣赏完第一、二张图后迫切地想要看到周鹭帅气迷人的正脸、感受那与众不同的漂亮单眼皮时,周鹭很给面子地转身了,露出一张布满疹子的猪头脸,薄薄的单眼皮是肿的,整张脸看起来比平时大了一倍。

如果非要形容一下的话,大概只能让人想到动画片里那个去掉了"可爱"两个字的大头儿子。

迷妹们:"……"

真可谓:看背影迷倒千军万马,转过头吓退百万雄师。

不过尽管在这样几张特(chǒu)殊(lòu)的照片里,路费CP粉们还是含泪找到了勉强能够嗑下去的点。

于是,关于两人的精神食粮越产越多。

【所以,是什么导致了两人在同一时间过敏?是巧合吗?是天意吗?不,是爱情!】

【我宣布,在我心里,他们已经结婚了。】

【你在想屁吃!明明孩子都三岁了(尖叫)!】

【快啊,姐妹们,花园浇水动起来啊!众筹让男女神一起参加活动啊!】

【哭了，我居然在花园里找到给女团小姐姐们投票出道的感觉了！】

【路费CP赛高！】

赛不赛高不知道，当事人反正就是：后悔，非常后悔。

干什么要手贱去包那些奇奇怪怪的馅料呢？

这下好了，三年形象，毁于一旦。

A大男生宿舍。

陈远阳又追完了新一期女团选秀节目，又第无数次发出疑问："鹭哥，你说现在还有没有古代的那种换皮术？"

说句惊悚一点的话，陈远阳垂涎周鹭那张脸已经三年了。三年啊，他日日夜夜都在想，自己要是长成那样，何至于到现在还单身？

周鹭手里那管外敷的消炎药已经快用空了，如今这张帅脸已经焕然一新，看得陈远阳咬牙愤愤："鹭哥，你真不考虑交个香香软软的女朋友啊？你看看节目里的这些小姐姐，随便一个我都可以！"

周鹭随口说："那你们绯宝呢？"

"你懂个屁！在我心里，绯宝是和创造营小姐姐们一样的地位，只可远观不可亵玩，我对她的喜欢是神圣而不可侵犯的！"

提到他们绯宝，陈远阳又想起一件事："鹭哥，手机快给我一下！"

他今天还没给绯宝的花园浇水！

争夺校园形象大使活动进行得如火如荼，只有半年的活动时间，召集亲友疯狂浇水赶超前一名的机会很大，所以即使只有一天忘记进花园帮忙浇水都是很要命的。

他们家绯宝绝不能被别的女生压下去！

陈远阳浇完水，刚要从花园里退出来，余光一瞥，忽然发现一件事，然后就控制不住情绪了："啊啊啊，鹭哥，绯宝也给你浇水了！天哪！"

半天没等来回复，陈远阳扭头一看，只见周鹭忽然脱了上衣，露出了白皙的上身。从侧面看过去，他的新一块腹肌已经成形了。

陈远阳捂着嘴巴："你突然脱衣服干吗？"

周鹭淡淡扫过来一眼："不是你上午说要去健身房吗？"

陈远阳顿了一下，这才忽然反应过来："啊对，是我。"

要怪就怪周鹭的腹肌形状太漂亮，就算他是男生，也有点小小心动。

最近两人每晚都会去健身房锻炼，跑步、举重、推轮胎，各种项目都试遍了，周鹭是越运动来越来劲，而他是越运动越像条没理想的死狗，只想趴着。

这一刻，陈远阳终于下定决心：

"我也要练出这样的腹肌，有资本才好外出搭讪小姐姐！"

/Chapter 6/
允许你崇拜，但不要爱上

季绯对于社团举办的活动一向十分上心,就比如现在。

当然,农田整修与参加社团里发起的活动,那实际上不能叫活动,就是单纯的干干体力活儿。用季绯的原话来说,就是"千金难买我乐意"。

不过社团活动也不仅仅是拔草施肥,不然也不会有人真的愿意加入。学校里为了鼓励大家加入这个社团,特意批下来一块地,里面可以由社员们自由种植任意作物。种植的作物由社员们自行处理,可以用于售卖,也可以当作礼物送人。

去年12月,由季绯带头,在地里挖坑种满了草莓种子。到如今,一株株草莓苗长势喜人,已经开满了小白花。

已进5月,阳光热烈,风中有了夏天般的燥热。

正好三点整,避开了太阳最晒的时候。社员们全员到齐,都坐在办公室里,看社长秦圆打开了PPT。

季绯今天上午满课,忙得连外卖都只有中午午休的时间去送了送,不过她手气好,午休时间送了八个单子,也拿到了八个好评。

大屏幕上的图片跳出来,视线里一片碧绿衬霜白。绿的是叶子,白的是花朵。

秦圆说:"今天上午我去地里看了看情况,去年12月种下的草莓种子基本没有不破土的,2月下旬的萌芽状态也很好,这期间我们做了除虫和施肥,幼苗基本没被害虫破坏,所以6月大概能大丰收。"

现在大棚技术已经很成熟,什么季节都能吃到草莓,但草莓原本是夏季水果,在6月到7月上市,这个时候的草莓才是最上品。

"不过前段时间下过几场大雨,大棚里积水太多,如果不及时清理的话,草莓苗的根部就会受损发霉,所以今天召集大家是为了清理积水,今天的努力,才能换来明天的收获。"

会议解散后,十几个人浩浩荡荡去了试验田。

季绯走在人群当中,不时有人试图跟她搭话。

这里面一部分人是因为之前季绯拍摄的那组油菜花照片加入的,此时大家跟她离得近,自然满怀期待地想跟她聊天。

季绯性格大方不扭捏,倒是跟谁都能聊上来。

到了地里,几个常年打篮球的男生将衣袖一捋,露出小臂上的肌肉线条,很想表现一番的样子:"女神你坐着,这些脏活儿累活儿我们来干就好!"

谁知季绯根本不按常理出牌。

只见她微微一笑,也撩起极温柔淑女的荷花边红衬衣的袖子,结果露出来的手臂上肌肉线条比男生的还要流畅漂亮。她漂亮的桃花瓣颜色的嘴唇动了动,轻轻说:"没关系,我可以。"

男生们:"!!!"

"以为你是个青铜,没想到你是个王者!"

这是活动结束后,所有男生对季绯更进一步的认知。

而所有男生眼里的自己,则变成了:"以为我是个王者,没想到我是块废铁!"

所以说,到底为什么季绯的肌肉看起来比男生的还要紧实?

女神到底经历了什么?

真不愧是金刚洋娃娃。

半天下来,原本想跟季绯发展点什么暧昧关系的一群男生,全都跟她混成了好兄弟,还是要罩着的那种。他们对季绯的称呼也从"女神""小姐姐"变成了"绯姐""大哥",俨然是电影《古惑仔》里面山鸡哥带小弟的模样。

"然后,你就这么混成了头领?"徐冉冉不可置信地看着护送大哥回宿舍的一群小弟走远,恨铁不成钢,"多好一个机会啊,白白浪费了!"

"什么机会?"季绯边说边往手上缠好了绷带,然后试着挥出了一拳。凌厉的拳风顺着徐冉冉耳边擦过去,这一拳头就砸在了墙面上。

不知道是不是徐冉冉的错觉,她总觉得墙面颤抖了一下。

其实季绯根本没使多大劲,她只是试试绷带缠得到不到位而已。

徐冉冉瞪圆了那双杏眼:"你就没想过在那群男生里面找个男朋

友吗？我看他们都长得挺帅的，性格也不错。"

"没想过。"季绯换好运动服，从柜子里拿出自己那对红色的拳击手套，"他们那样的体格，我一个能打十个。"

"……"

不是，谁让你去打人了啊！

徐冉冉简直服了，心服口服。

夜色深了，月光不亮，星星倒是挺多，一闪一闪的。

拳击馆里，季绯是常驻客。

馆里每月都会举办以"周"为单位的打擂台活动，由有经验的会员守擂。

周末轮到季绯守擂时，来观看的人就会比平时多出一倍不止。毕竟馆里能守擂的女会员不多，能长得一副仙女样还能守住擂台的就更少了。

徐冉冉站在台下，一颗心提到了嗓子眼儿。她虽然不喜欢这里面的氛围，但是每次季绯守擂，她都会过来当啦啦队。时间久了，这里的人也都认识她。

之前季绯说自己能一个打十个不是玩笑话，是真的。

她站在擂台上，穿着短的红色露臂背心，底下一条黑色长款运动裤，又美又飒。羊毛长卷发高扎在脑后，一张白皙漂亮的小脸透着股让人心生向往的岁月静好，好像谁看着也不忍心打下去。

来挑战的新会员全都抱着"生怕把人打坏了"的想法畏首畏尾，最后全都被季绯毫不留情地一拳送了回去。

拳击馆顿时响起尖叫。

后来就没人敢小瞧她。

健身房里，陈远阳听着隔壁拳击馆传来一浪高过一浪的尖叫，顿时有些心猿意马："鹭哥，咱们过去看看呗？听说今天是拳击馆的馆花守擂！"

也不知道这个馆花有多好看？不知道跟他们绯宝比起来怎么样？

不对，肯定是比不过绯宝的，毕竟绯宝白白净净，不像是朵金刚霸王花的样子。

此时周鹭正在引体向上器上肆意挥洒汗水，做得投入了，压根儿没空回复他。

看他那么努力，陈远阳忽然又有了点动力，跑去他旁边的机器上跟着做引体向上，然而做了没几个，手臂一酸就掉了下来。

反观周鹭，五十个引体向上轻轻松松。他拿毛巾擦了擦汗："陈鸳鸯，在此我真诚地给你一个建议。"

"什么？"

"别随便立 flag，容易打脸。"

"鹭哥，你这是看不起我。"陈远阳不服气，伸手一指旁边的跑步机，"就那个机器，跑步机，设置慢走模式我能走一天！"

周鹭连一个眼神都没给他："哦，那你真是好棒棒，要不要给你鼓鼓掌？"

语气平淡，表情冷漠，极为敷衍。

陈远阳顿时泄气，只好又把话题转回来："说真的，你真不去隔壁看看吗？真的很好看的！"

三个"真"字，完美突出他语气里夹带的恳切和渴望。

周鹭喝了口水："你又知道了？能有多好看？"

话音刚落，他脑子里忽然联想起一些画面。

如画的眉眼，俏皮的卷发，又直又长的双腿，和开朗的性格。

这些特征全部组合起来，最后变成完整的季绯。

猝不及防的，完全没有心理准备的。

只是那一个瞬间。

只是那一秒。

突然而又莫名其妙的，仅仅只是因为说到了"好看"两个字。

不对劲，不对劲。

之后的几天，周鹭脑子里一直都在想，明明他和季绯接触也不多啊，只是每天中午吃个饭的关系而已，怎么会突然想起她？

这个困惑一直持续到下旬，李奶奶生日当天，才终于没空去思考了。

李奶奶今年五十九岁，她是一个新潮的老太太，喜欢在小别墅里跟着视频跳国标，也会转头就去厨房摆弄土锅土灶，身上有种介于城市和乡村之间的特别气质。

季绯跟周鹭今天开车在半道上就碰见了，两人还是一身熟悉的工服，最近天气热，他们居然不约而同地选择脱了连体工服的上半身，露出内里打底的T恤，腰部用腰带紧紧一扎，看上去还挺新潮。

等到了朝霞路758号，季绯把头盔一取，露出被闷得泛红的脸颊，小卷毛刘海都不太蓬松了，紧紧贴在脸上。

周鹭当即笑她："你叫季绯，还挺合适。"

绯，红色，跟她还挺配。大概也能从季绯的日常穿着看出来，她喜欢红色。

这么没头没脑的话，季绯居然听明白了。虽然说得挺对，但只要对方是周鹭，她就下意识地要反驳一下："那你叫周鹭，你也没有鸟啊！"

原本季绯还没觉得有什么，但她说完后，周鹭忽然不说话了。气氛有片刻的凝滞，她后知后觉反应过来，顿时倒吸一口气，半时不怎么爱脸红的人，这一次脸颊红了个彻底。

周鹭欣赏了半天女生变脸的艺术，才慢悠悠道："这种话可不能乱说。"

季绯脸色更红了，几乎像熟过头的番茄，看起来就觉得香甜可口。她转身就走，有些恼怒的样子："你就不能当作没听见吗？"

非要说出来让人害羞。

周鹭快步跟上去，嗓音含笑，莫名撩人耳朵："你没听过一句话吗？说出去的话，就如同泼出去的水。你见过水能收回吗？"

"哎呀闭嘴，你好烦！"

是罕见的因为羞赧而逃避。

要是这时候徐冉冉在身边，肯定要为此震惊，毕竟能让季绯语带羞恼地说出"哎呀"两个字的人，在学校里至今不存在。

如果非要为这一幕取个名字，徐冉冉大概会结合她的人设取这四个字：猛女害羞。

正午时分，太阳光照强，院子里的植物全都生意盎然。

天很蓝，云朵白白的，空气中飘浮着香菇炖鸡汤的香甜。

季绯早上接到李先生，也就是李奶奶儿子的电话，对方先是好一番夸赞她的工作态度好，后来又说起：

"我听我妈说了，你们每天都会陪她吃午饭是吧？真是太谢谢你们了，我和我姐平时都忙，留下一个老人在家孤孤单单的，有你们陪着就太好了。不过这么做肯定耽误你们工作的时间了，所以我给你们总部打了电话，由我这边花钱，买下你中午一个小时的时间，用来陪她吃饭聊天，你看行不行？"

行，当然行，怎么不行！

先不说一单外卖算起来其实没几块钱，半小时内能不能接到都是个问题。

于是季绯欢欢喜喜过来了。因着日子不普通，她还带了份小礼物。

季绯到了之后发现李奶奶的儿女并没有帮忙买蛋糕,一问才知道是老人平时不爱吃甜食,每年生日都不让花钱买蛋糕。

这一次周鹭抢了先:"奶奶,过生日当然要吃蛋糕呀,这样才有仪式感!"

观念倒是挺一致。季绯心想。

为了不落后,她紧接着:"不喜欢吃甜的,咱们可以吃个小小的,几口就能解决掉!"

话是这么说,李奶奶问:"你们会做蛋糕吗?"

附近没有蛋糕店,现在上网定做肯定来不及。

周鹭跟季绯几乎是同时指着对方:"她(他)会啊!"

话音落下,两人对视一眼,表情都有些迷惑,几个字写在脸上,大概意思是:谁说我会?

互相怔愣几秒,两人同时开口:"我看你说得那么认真,以为你会呢!"

一句话说完,不仅每个字相同,就连停顿都停得一模一样。

结果是谁也不会。

话都放出去了,这会儿收回也来不及,周鹭咬咬牙:"没关系,我可以会!"

季绯对此表示佩服:"我不会。"

有点出乎意料,周鹭没想到季绯这次竟然不呛他,诧异的同时还有点不自在,但很快被掩饰下去,换上坚定的表情:"你也会!"

季绯摊手:"我不会。"

周鹭看着她:"这个可以会!"

季绯回视道:"这个真不会。"

周鹭小步挪到她旁边,压低了声音问:"你今天怎么回事?"

季绯十分无奈:"我只是实话实说。"

虽然食品学院里也有专门研究做蛋糕的社团,但她是真的没有涉猎。徐冉冉好几次喊她去,最后回来都以状况惨烈收场。裱花这么细致的活儿,她这双经常戴拳击手套的手实在干不来。

周鹭自知不能强求,叹了口气:"那你给我打下手。"

在厨房里忙了十来分钟,周鹭知道了,季绯是真的不会,她连打蛋器和分离器都分不清!

蛋糕坯完成时,季绯小小震惊了一下:"哇,没想到你还挺厉害嘛!"

网上流传很久的电饭煲蒸蛋糕原来不是假的啊!

周鹭有点儿嘚瑟,端着蛋糕坯,走路都是飘的:"允许你崇拜,但不要爱上。"

"这个你大可放心……"

季绯的择偶观十分简单粗暴,接住她两招还不倒下。

一般能做到这点的人,不是肱二头肌十分发达,就是体格十分健硕,上下看看周鹭,怎么看都不像这两种人。

她跟在周鹭身后,从厨房走到客厅,不自觉地观察起男生的身材。

男生肩宽腰窄，只穿了件黑色T恤，仅看着后背便让人有种踏实感，是很完美的衣架子身材，但是跟徐冉冉网上追求的那种甜甜软软小鲜肉不是一个类型，看起来是有力量的，只是藏在单薄的衣服之下。

蓝色腰带以下，被运动款的宽松工服包裹住，双腿显得长而直。脚腕处的裤脚收口处，露出一点儿皮肤，不像其他男生一样喜欢刺点东西上去，干干净净的。也不知道脱了衣服，是一副什么样的躯体。

等等！

他脚上那双CONVERSE的帆布鞋，真眼熟。季绯低头看了看自己的，不信邪似的又看一眼他的，这回确定了，简直一模一样！

像是察觉到了她的视线，周鹭把奶油装进自制裱花袋，然后张口就是一句："怎么样，这双匡威仿得不错吧？"语气自然，神态放松，一点都不像是在开玩笑。

"？？？"

季绯想起来了，为了合理融入骑手的身份，她现在给自己的定位是：贫穷女大学生。

"挺好的，我这双也看不出来吧，官网售价七百多呢。"

于是周鹭随口一问："你买的多少钱？"

这可真是无形当中的一环扣一环。

还真没思考过这些的季绯沉默了三秒，给出一个还算合乎身份的价格："一百多。"

周鹭先是点点头，然后说："亏了。"

"？？？"

"我这双只要八十块。"

季绯甚至不知道此刻自己该摆出什么样的表情来，还没来得及说话，只听李奶奶忽然插进一句："你们的鞋是不是情侣鞋？"

两人都是一愣，然后立即反驳："当然不是！"

季绯开始解释："现在很多衣服鞋子，都是男女同款的。"

虽然不知道李奶奶有没有相信，但季绯自己是越说越坚定，科普到最后，还有点口干舌燥的感觉，咕噜咕噜灌了两口凉白开。

周鹭忽然闷笑了两声，在这略显得奇妙的氛围里，像是炸开在耳边的一团烟花，转瞬即逝，只留下季绯放下水杯一个人回味：他笑什么啊？我没说错啊！

答案无解。

季绯闭着嘴，看周鹭漂亮的手捏着裱花袋往蛋糕坯上小心仔细地进行裱花。

男生的手像是充满魔力，挤一挤扭一扭，一朵漂亮的玫瑰花就出现在了表面。季绯叹为观止，跃跃欲试。

"试试？"周鹭朝她一挑眉。

"说话就说话，耍帅干什么！"季绯小声嘟囔。

但她可能真的没有这方面的天赋，拿过裱花袋只一捏，就挤出一大团，在一簇开得正盛的粉玫瑰当中像是个成长路上忽然变异的奇怪种类。

完了完了,季绯偏头去看周鹭,有点内疚:"对不起,我把你的构图毁了。"

周鹭看了两秒,表情没什么变化,不像是在生气,只是伸手握住她的手:"还能拯救一下,好好看着。"

这一瞬间,季绯竟然没有在意两人忽然变得亲密的姿势。

可能这就是她跟一般女生不同的地方,反应稍显迟钝。

周鹭再次用这双充满魔力的手,带着季绯在那一团奶油上改造。

等一朵高出其他花朵的玫瑰成型,季绯才意识到,她的手是被男生握在手里的。温热通过接触传递,是一种安心加悸动的感觉。

鼻尖满是奶油味的香甜,还有男生微微低垂着脑袋,近在咫尺脖颈间沐浴露的淡淡香味,是很好闻的松木味道。

季绯还是第一次在除了打拳外的时候,跟一个男生挨得这样近,近到稍微侧过脸,就能亲到对方的程度。

再怎么金刚的洋娃娃也是有颗少女心的。

何况旁边的男生皮肤那么好,鼻骨那么高,唇形那么漂亮。

最重要的是,他单眼皮微微垂着,一双明明看起来有点冷淡和傲气的眼睛却带着抹温柔。

如果说皮肤、鼻骨、唇形是季绯觉得眼前的男生的确长相优越,值得女生喜欢的证据的话,他的眼睛和眼神就是自己也心跳加速的主要原因。

不对，尽管这样，她也得先确定对方的身材和体格。季绯强行把自己从纷杂的思绪中拉出来，看向那个不太大的蛋糕，转移话题："总觉得还少了点儿什么。"

周鹭已经离开她身边了，男生靠在洗碗池边，低眉敛目思考着什么，没发觉自己的脸慢慢红了。他到底在想什么啊，女生的锁骨漂亮不是件很正常的事吗？为什么偏偏面对季绯的，他就脸热了？

闭了闭眼，女生 V 字领白衬衫露出的锁骨漂亮又迷人。

这样漂亮的脖颈和锁骨，如果戴上一条项链，该有多好看？

"啊，我知道缺什么了！"

忽然拔高的声音吓得周鹭整个人都颤了下，有种秘密被拆穿的感觉。

但季绯只是快步走到餐桌另一边，把自己带来的礼物拆了开来。

漂亮的礼品纸被剥掉，露出里面的东西。

这是一盒草莓。

月末的时候，社团的农田里已经有部分草莓变红了，她摘了最早的那一批，特意用来当礼物。

把草莓切开，晶莹的红色汁水便蔓延开来，酸酸甜甜的味道。

装饰用了五颗，盒子里还剩下大半。

季绯便全都洗了，装在盘子里，雪白的盘子映衬着鲜红的草莓，有种视觉上的诱惑。

周鹭在收拾乱七八糟的厨房，季绯就端着盘子站在旁边："你要尝一颗吗？我自己种的。"

周鹭理所当然地认为对方是在租住的房子里种了几棵草莓苗，好不容易养出来了，获得极大成就感的同时，还想要得到别人的认同，于是不忍扫兴，点点头。正要伸手去拿，才发现手上全是奶油泡，季绯看他实在不太方便，于是自己拿一颗，递到他嘴边："啊——"

周鹭张嘴，满心以为草莓会落进嘴里。

下唇碰到女生纤细的手指，带着下过水的凉意。

他想，草莓是酸酸甜甜的，好像眼前的女生也是，这春末的气息也是。

这个时候的周鹭好像有一点理解为什么陈远阳总嚷嚷着要找个女朋友了。

女孩子原来是这么可爱的生物。

结果下一秒，季绯徒手捏爆了那颗大草莓，草莓汁溅了他一脸，吓得他紧闭双眼浑身一抖。

季绯随即发出无情的爆笑。

可爱个屁！

春末夏初的天气，从冰箱拿出来的汽水被打开，咕嘟咕嘟地发出声音。

伴随着播放器里循环的生日歌和点燃的橘黄色的蜡烛，明亮的光线里,两个二十来岁的成年人跟三岁孩子似的围着餐厅的长桌你追我赶。

"季绯!你别被我逮住!"

/Chapter 7/
实打实的纯情大男孩

6月入夏,空气变得燥热。

B大校园里,笃行湖内荷叶田田,粉色花苞有的探头探脑,有的高立其间,是一番即将盛放争艳的景象。

马上就要到端午,食品系的学生群里有管理层发了条消息,要求所有人在实验楼前集合。

彼时的季绯刚从校外回来,刚把衣服换好就跟着人潮涌去了实验楼。

太阳不算大,但仍然很热。

荷花的香气从旁边的湖里飘出来,带着种拂面而过的清新,大概是众人在这里听着校长讲话的唯一慰藉。

"这是我们学院一年一度的传统,食品院的每位学生都要参与进来,在端午节到来之前赶制粽子,分发给本校其他院系的同学,以及隔壁A大同学。"

众所周知,A大和B大是竞争对手关系,尤其是两方实力相差不多的食品院。

别的院系尚且还能够和睦相处,食品院却是实实在在的对家,说是井水不犯河水都不为过。不说别的,就说说每年的端午龙舟竞渡活动。

两大高校附近只有一条河，叫洛河，要想各自举办龙舟竞渡活动，那只能错开时间，但谁也不想拖到下午去办，这是第一点。

龙舟是要去体育馆租借的，因为条数不足，所以无法同时借给两个学校，除非岔开时间租借，这是第二点。

A大和B大谁也不愿意退一步，最后商议的结果是：一起办。

对家和对家比赛，看点十足。

至于怎么决定哪个学校负责主办活动，就在于两校学生们互换粽子得到的好评多少。

比赛期间，微博上会发起投票，投票多的就是赢家。

其实以往也会进行这样的比赛，但比赛是在端午当天举行，很多外地的学生一放假就选择了回家或出门旅行，就连季绯也是，所以至今一次也没参加过。

现在成了兼职骑手，她的时间大多用在了配送外卖上面，所以这次就不打算回家，干脆参加完活动再去工作。毕竟假期有三天呢。

这么想着，校长也刚好宣布解散。

季绯刚从人群里退出来，就被人拉住了："绯绯！"

是秦圆，她最近剪了头发，bobo头剪短了，发型显得更加圆润，小巧的瓜子脸藏在乌黑的短发里，有种很可爱的蘑菇头的感觉。

按照一般情况，秦圆找她，不是为了社团就是为了校报。

果然，秦圆开口了："绯绯，我们这边准备做一期拉票视频放在校网，你意下如何？"

　　季绯意下当然是不如何的。但她没机会开口，秦圆既然这么说了，就证明她的意见不重要，只要同意录制就行。

　　于是，季绯点了点头。

　　旁边的徐冉冉比她还要兴奋："我可以友情提供妆面！"

　　以往倒是没有这个视频拉票环节，算得上是全新手段，徐冉冉对此很感兴趣。

　　宿舍里，头一次进来除了查寝学生外的其他人，一时间有些热闹。

　　从挑选像素高的手机，再到整理要问的问题，一遍一遍，弄到落日西沉。

　　季绯像条游不动的小鱼，只剩下翻出白肚皮，躺着不动弹了。

　　反观对面床的徐冉冉，正是坠入爱河的样子。

　　徐冉冉已经有几个月没碰过韩剧了，以前进门就能听到女明星甜甜的"欧巴呀"，随着时间的流逝，变成了"敌方还有三秒到达战场，全军出击"！

　　这还不算完，紧跟着就是徐冉冉大骂"你大爷""傻×"的各种词汇，季绯第一次知道骂人还有这么多种骂法。

　　她这次开着外放语音，语音的另一端应该是倪程宇。

　　"宝宝回城，我帮你报仇。"

　　徐冉冉忽然大叫一声："哎呀我怎么死了？"

倪程宇无奈："不是让你回城吗？"

徐冉冉："我以为我还能杀一波！"

倪程宇："你那是给对方送人头。"

徐冉冉据理力争："对方凭本事杀的我，凭什么说我送人头？"

倪程宇："……"

这说得季绯都有点手痒痒了，她最近忙得天昏地暗，又是学习又是工作，两头兼顾已经很久不玩网络游戏了。

结果才刚打开"消消乐"，浪费了体力还没来得及开始，群里又来了新消息，说要开始包粽子了，每个班分一间手工室，从今天开始，这一整周的晚上都要准时参加。

比起游戏，那肯定还是学校分配的事情更重要。季绯关了手机，正好徐冉冉一把也打完了，两人收拾好就往外走。

下楼梯的时候，季绯随口问了句："赢了没？"

徐冉冉苦着脸："输了。"

季绯奇怪："我看你那架势不像啊。"

徐冉冉瘪瘪嘴："倪程宇说我不会玩，不想带我上分了。"

季绯："……"

同是深夜，仅一街之隔的 A 大，手工楼灯火通明。

连绵的白色灯光像是黑暗中开出朵朵花，闪耀着，映出玻璃内忙碌的影子。

每年的这个时候，都像是食品院度劫的日子。

食品院的学子们一度说笑道："过了度劫期，就能羽化成仙。"

这话可不是在开玩笑，全校上万人，加上 B 大上万人，食品院的人再多，也不可能瞬间就能变出这么多粽子来。何况还要准备原材料：煮过的粽叶、细线、糯米、馅料。这些弄完了，还得真空装袋，最后贴上属于 A 大的校徽贴纸。

等忙完这一整周，食品院的人也都心无所念，目空一切，只等原地飞升了。

周鹭像个机器一样戴着塑料手套在和肉馅，这已经是第七盆肉馅了。要不是经常锻炼，他的手臂也废得差不多了。

反倒是陈远阳从参与进来就像是打了鸡血，做什么都干劲十足："鹭哥，你说，我能拿到绯宝包的粽子的可能性是多少？"

周鹭百忙之中抽空说："零。"

陈远阳下意识地反驳："鹭哥你别逗了！就算两个学校加起来，我也有这么多人分之一的概率好吗？"

抱着这点缥缈的希望，陈远阳根本承受不起一丁点打击，他只能尽量乐观地想："就算我拿不到她包的，她说不定能拿到我包的！"

他表现得太过痴情，周鹭实在不忍心说这种可能也基本为零："陈鸳鸯。"

陈远阳："别叫我，我不听。"

都已经自欺欺人到这种程度了。周鹭只好真诚道："那你加油。"

等到休息时间，陈远阳窝在周鹭身边刷手机。他还是照例先给季绯的花园浇水，自己浇完了又去拿周鹭的。这种小事，周鹭一般不会计较，也成习惯了。

直到手机被还回来，陈远阳忽然叫了一声："我的天！居然有人上传了女神包粽子的视频！到底是哪个小兄弟这么上道！"

视频一打开，嘈杂程度不输于他们这里的B大手工室内，季绯坐在灯光下，认认真真地将糯米包进粽叶里。

大约是偷着拍的，不敢太明目张胆，所以有些镜头晃得人眼睛疼，但即使在这抖动程度堪比帕金森的拍摄手法下，镜头里的女生也还是皓齿红唇，完美如一。

好看的人，果然是随便哪个角度都好看的啊！

陈远阳兴奋地戳戳旁边人日渐坚实的手臂："绯宝真的好漂亮，我能不能和她做朋友啊？"

周鹭头也没抬："当然能。"

"真的吗？"诧异于周鹭这次的说辞，陈远阳眼睛里燃起一簇火苗，似乎下一秒就能燎原的样子。

"梦里能。"

"……"

火苗简直熄灭得不着痕迹。

视频底下，不少人抱着和陈远阳一样的想法，希望自己能得到女神的粽子。

但更多的人，开始讨论起了这是个什么口味的粽子。

评论分为两派：一派猜想是蜜枣之类的甜粽，一派猜想是蛋黄之类的咸粽。

两方人马都有自己的理由。

【绯宝那么好看，又是女孩子，当然喜欢甜甜的东西呀！】

【红豆，绿豆，绯宝是我的小甜豆！】

【是咸蛋黄不好吃，还是鲜肉不好吃，盲猜女神是吃不胖的咸口主义！】

【投一票咸粽。没有理由，是女人的直觉！】

由于微博话题讨论度过于高，当晚校报记者兼职食品院官方微博号博主秦圆就发现了这个问题，并且悄悄地发布一条消息：

【马上到了分发粽子的时间，大家猜猜女神包的特别粽子是什么口味的吧！】

"特别粽子"也是 B 大新想出来的活动，活动由秦圆发起，让校园里有影响力的学生们各自包了奇怪的口味，旨在调动学生们讨论的积极性。

今天也是热爱校园工作的一天！

包粽子热潮还没过去，陈远阳几乎是一有空就刷手机。

花园、微博、论坛，三个地方都有他留下的脚印。

正刷得入迷，只见B大食品院校园号发出一条微博，竟然是个拉票视频！

他原本戴着耳机在听歌，这回点进视频，迎面而来的就是季绯360度无死角的美颜暴击，紧跟着是女神清爽不黏腻的声音："各位同学好，我是B大食品学院季绯……"

拿绯宝当拉票人，过分了！

虽然陈远阳看得津津有味，但是他心想，这种美色惑人的手段，他陈鸳鸯是绝对看不上的，A大也是绝不会用这种方法拉票的！

十分钟后，陈远阳私戳了A大校报管理员。

二十分钟后，管理员登门了。

男生一来就向周鹭表明身份："周同学你好，我来这里是因为你的室友陈同学提供了给龙舟竞渡活动拉票的方法……"

周鹭的死亡视线凝聚在陈远阳身上，刺得人皮肤麻麻的。

大概因为A大的校报管理员是男生，脑子里没有女生那么多的弯弯绕绕，所以没有想到拉票这个层面，经人提醒，才恍然惊觉，居然还有这种办法。

人都已经找上门了，就没有空手离开的道理。

周鹭被摁在座位上，面朝前方镜头，硬着头皮照着男生带来的纸张念："大家好，我是……"

念到名字,他皱了皱眉:"不好意思打断一下,'鹭'字写错了。"

男生惊慌地抬眼:"啊?对不起啊,临时起意写的,估计是太匆忙了没注意。"

等到第二遍,周鹭继续照着念,又发现一个问题:"你这句子不通顺。"

改到第三遍,周鹭放弃了:"我自己来吧。"

等录完视频,男生走了后,陈远阳终于觉出哪里不对劲了。周鹭这整段话说的,不就是季绯视频里的原话吗?两人除了学校和名字不同以外,其他基本一致啊!

"鹭哥,你说实话,你真没看过 B 大的拉票视频?"

"我没事看 B 大的视频干什么?"周鹭边说边换上工服,仔细把腰带系好。

最近天气越来越热,周鹭的长袖 T 恤也换成了短袖,上半截工装基本不用穿了,只围在腰上,倒也不显得丑。大概因为人好看再加上身材亮眼,就这么随便一穿,还挺酷,像随时能上秀场的模特。

陈远阳的思维跳跃,话题也转得很快,上一秒还在怀疑周鹭看 B 大拉票视频,下一秒就变成了:"鹭哥,你说你长成这样,你爸妈得多好看啊?"

周鹭想了想:"正常长相吧。"

陈远阳真的抑郁了:"你爸妈还缺儿子吗?不正常长相的那种。"

周鹭微微一笑,如春风化雨,若冰雪消融:"不缺吧。"

陈远阳看着周鹭的背影离开宿舍楼，迈进廊外金色的阳光里，呢喃道："抛开脸不说，难道就没人发现我的人格魅力吗？"

没有。

眨眼间，送外卖的日子就过去了将近四个月。

现在想想，倒也没有和顾客发生什么纠纷，季绯不由得感叹，这个社会果然还是素质高的人居多嘛！而且一开始以为的对家会败坏自家平台口碑的事情也没有发生，唯一一件不愉快的事情还被周鹭处理得特别完美。

那会儿她收到赔偿的时候，还是蒙的。

当时饭团平台来了负责人，亲自送了慰问礼。

对方语气诚恳，态度积极，连着说了三句"抱歉"，季绯至今都记得。

问起是怎么找到人的，对方腼腆一笑，说自家客服私信了巨饿平台，通过巨饿平台的查找，巨饿的客服最终发现这个人居然是他们家的大小姐。

好在那巨饿的客服机灵，没把她的真实身份透露出去。

周六晴空万里，季绯的心情也跟着无比明媚。

然而，送餐的路上，四个月以来从未出过问题的小电驴却毫无征兆地不动了。

季绯不得不下车,寻找问题的根源。找来找去,最后忽然一拍脑袋,想起最近这段时间晚上都忙着包粽子,原本周三该给电驴充电的,她给忘了!

这可怎么办?电驴没电走不了,附近又没有可以充电的地方,何况她也没带充电器!

这一单的配送时间只有四十分钟,刚好到十二点整,而现在已经十一点三十多了,这也就意味着,她面临着超时的风险。

四个月以来,她几乎从没有超过时,即便刮风下雨、打雷闪电,最迟都是踩着点完成,没想到这次居然会卡在一个这么好的天气里。

季绯懊恼地拍了下脑袋,暗骂自己怎么能忘记充电。这下好了,距离终点还有二十分钟的车程,而她已经不知道怎么办才好了。

推着车从马路上挪到路边,短短几步路,就让人闷出了汗水,属于夏天的炎热在这一刻让季绯体会得十分透彻。

季绯前后看看,她甚至开始幻想,会不会遇到一个人,来帮她解决一下现在的状况。可她没想到,当她开始产生这种想法时,脑子里第一个跳出来的,不是别人,而是周鹭。

都说人在碰到困难的情况下,脑海里第一个想起的人,一定是在自己心里值得依靠、占据很大分量的人。

原来,在她心里,周鹭已经有了这样的地位吗?

然而令人懊丧的是,平时跟她偶遇频率高得出奇的周鹭,今天始终不见人影。她也没有周鹭的电话,想联系都找不到人。

此时，手机上的时间显示，还剩下二十分钟。

平台设置的超时提醒已经开始响动了。

季绯咬咬牙，吃力地把电驴推上了花圃边的停车点，上锁后迅速拎着外卖跑到了路口准备打车。

像是诚心要跟她作对，以往挂着空车牌子的一堆出租车，今天全部都是客满。

怎么什么都不顺！

人到倒霉时，喝凉水都塞牙。

眼看着时间快到了，季绯简直急到连金刚洋娃娃都眼红。她很少会有这种时候，从来顺风顺水，做什么事情都游刃有余的人，第一次遇到这样的情况。

出租车没有，摩托车也没有，顺风车更是搭不到。令人逐渐绝望的环境下，终于有一辆车肯停在她面前，不夸张地说，这辆车的出现，简直如同天神降临。季绯上车后迅速报了地址，一路上提醒司机加了三次速，但尽管如此，时间还是慢慢超过了。

不待季绯给顾客打电话致歉，对方的电话先过来了。

那边二话不说，开口就是骂："我说你这人怎么回事？我从十一点等到十二点，外卖还没来？饿出毛病了你负责？"

女人尖锐的声音刺得耳膜都疼："你知道我下午还有多少事儿要做吗？你耽误得起吗？不能送就别送，我劝你尽早辞职，免得给人找不痛快！"

　　季绯软着声音不住道歉，每道一次歉，脑袋都要更低下几分。或许因为在家庭和学业上从未遇到过挫折，一路从小学优秀到大学，突然遇见这样的一次就让人感觉难以承受。

　　但是季绯讲道理。她知道这一刻再委屈也得受着，因为不论如何辩解，忘记给电驴充电的确是她的错。其他的因素会产生，全是因为自己做错了之后才遇上的而已。正如同上次在培训现场提出不能取消差评系统时一样，她永远能够考虑到自己的失误造成的后果。虽然焦急担忧，但明白事理。

　　何况经过上次的培训之后，外卖管理部门的确派人去了各个平台，要求平台酌情修改差评系统的标准。该扣的扣，实在受到外界因素影响的，经过核查后，被扣的钱是能够返还一半的。

　　这么一修改，规则更加合理，骑手们的怨言也少了些。但要做到每个人都认同，那是不可能的，只能在日复一日的工作中，感觉到规则修改过后的益处。

　　一路上，季绯接了三次电话，也挨了三次骂，电话挂断后，连出租车司机都在暗自踩油门加速。到达小区时，她差点掉下眼泪来。快速走在路上，视线注意着小区的格局，用到已经有些混沌的脑子里忽然迟钝地想起来，周鹭那时候看到"外卖员与狗不得入内"的标语时，该是怎么样的心情。

　　仅仅是听他说起，自己就觉得愤愤不平，那他切实看到这一行字时，是委屈难过多一些,还是愤怒不解多一些?

生而为人,谁又比谁高贵呢?不过职业不同罢了。

等找到了几区几栋,时间又过去一些,季绯在电梯里整理好衣着和表情,尽量积极乐观地想,还好这栋楼没有贴着不准外卖员坐电梯的标语。

周鹭时不时看看时间,已经十二点半了。

原本早该到这里的女生至今没有出现。本想联系她,可找了半天才发现,两人至今没留过号码。正巧李奶奶的手机又出了问题,开不了机,打不了电话,这时想要找到一个人,就如同大海捞针。

知了在院子外的树上嘶哑地叫,听起来有些疲惫,也让人心慌。

这是有些恼人的夏天,混杂着周鹭不明不白的担心。

周鹭在门口等了一会儿,还是觉得不放心,毕竟相处这么久,季绯也不是不靠谱的人,这么迟不来,肯定是遇到问题了。他跟李奶奶打了招呼,准备沿路去找一找,碰运气的话,说不定能找到。

沿着来758号小别墅必经的马路一直开过去,道路两旁安静得出奇。

玉兰树的叶子肥厚硕大,遮挡住中午明亮的阳光,却也不见得让人凉快几分。

正是吃饭的时间,街上少有人走动,仅有的几个女生也都打着遮阳伞,戴着冰袖,大概是怕晒黑了皮肤。

周鹭开着车，一面注意路况一面找人，开出十来分钟，终于远远看见前方林荫道上有个人正推着车一步步往前走。

那个身影高挑纤瘦，带着股风吹不倒的坚韧，只远远扫一眼，就能认出来。

"季绯！"他加速冲过去，风吹起蓝色腰带，在空中摆动。

听到耳熟的声音，季绯差点一瞬间泪流满面。但她忍住了，因为这场面看起来居然有点像小蝌蚪找妈妈，历经千辛万苦，终于会面的感觉。既滑稽，又充满了混合着心酸的成就感。

电驴在面前停下，季绯抬起脸，棕黄色的小卷毛刘海下藏着一双水汪汪的泪眼："周鹭……"

她想起刚才敲开门，顾客满脸不耐烦地皱起眉头："知道我等了多久吗？下次可别再让我碰见你，否则又得吃冷饭！"

其实饭也没冷，不过口感肯定要差些。

季绯知道自己没做好，但她受不了顾客说下次不愿意遇见她。她想自己可以改正，吃一堑长一智，下次肯定会记得给电驴充电。

然而，顾客不愿意，也不想给她机会，所以她才会这么委屈和难受。

千言万语，在听见周鹭一句简单而充满关心的"怎么了"后，瞬间变成了两行止不住的眼泪，"呜——"原本也没想哭，不知道怎么，看到平时总是一起斗嘴吵闹的对家，反而越来越委屈。

也许女生就是这样，奇奇怪怪，却又万般可爱。何况他们的关系也并不是互相厌弃,而是似敌似友的嫌弃、关照。他们远远算不上要斗个你死我活的职业劲敌,仅仅是身处于对家但关系不错的朋友而已。

"你别哭啊。"周鹭停好车,有点手忙脚乱的。大概是第一次遇到这样的情况,紧张又慌忙,摸遍了全身才找出包手帕纸,"来,擦擦。"

这位 A 大男神自出生起就没哄过哭泣的女生,虽然被校内女生列为"最想跟他恋爱的男生"第一名,却是个实打实的纯情大男孩。

他家里没有任何姐妹,母亲也有父亲的爱护,打从父亲在他十岁那年买彩票中奖 500 万发家开始,就脱离了邻里孩子都是小姑娘的边城。陡然碰见这么一遭,真是愁得脊背冒汗,脚尖都要蜷曲起来了。

好在季绯自愈能力强,她抽泣一会儿,就开始觉得自己丢脸,坐在路边把脸埋在膝盖上,不动了。

午后的蝉鸣微弱,头顶榕树叶子慵懒耷拉着,为底下的人留了一片阴影。

风很燥,空气很干,谁都没有再说话。

季绯有点口渴,但是周边没有商铺,她也没有那么娇气。然而身边的男生像是拥有读心术般,伸手递过来半瓶水。

周鹭有点儿害臊,一点点,说:"早晨买了路上喝的,不在意的话就喝点儿。"

季绯心底一暖,脖子上就涌起温度更高的热,她说:"谁在意啊。"

说完仰起头就喝了一大口。

随着她的动作,一截白皙如玉的脖子就暴露在周鹭眼前。纤细脆弱,像天鹅的长颈。

莫名地,周鹭也开始口渴了。他移开视线,落在树叶上、电线杆,最后定格在脚边马路的灰尘上。

闲坐的几分钟里,周鹭大概了解季绯遇到了什么事情,几乎是同时,平台发布的处罚信息就从软件里跳了出来。是真的毫不手软,罚款罚得狠,送一单不过能赚几块,罚一单却是两百块。这几天起早贪黑的努力全都白费,难怪网上时不时会爆出"骑手跪地求好评"的消息。

季绯只是这筌州城里万千骑手里毫不起眼的一个,还是可以自由安排时间的兼职,收到一个差评都能心情低落,更别说靠着这个职业吃饭的全职人员。一个月里,有了一两个差评,那可是真金白银的损失。

别看这两百块数目不大,对于风里来雨里去、一单只挣几块钱的骑手来说,这是一整天或者两三天的收入。

一个月又有多少个两三天呢?

何况,顾客的态度也是一把直扎人心的利剑。丢弃自尊和责任,可比丢弃金钱难受得多。

女生坐在原地缓了缓,装作轻松地站起身,浑身带着让人仰望的光芒,乐观地说:"算了,失败乃成功之母,多个义母也没什么。"

她根本不需要人安慰,天生的积极心态让她拥有了很多女生没有的坚强独立,连以前被拳馆的人揍到毫无还手之力都没有让她停下脚步，更别说如今这小小一个差评。

这也是周鹭欣赏她的一点。他喜欢独立、向上、遇事迎难前进的女生，而不是柔弱、乖顺、受挫只会放声哭泣的人。

两人的电驴是同品牌同型号，只是颜色不同，设计有些微区别，季绯还在车头上贴了张棕毛狗的贴纸，可爱又独特。

周鹭从自己的储物箱里拿出备用电瓶，帮着季绯换好。

男生在这方面动手能力强，一顿操作让人叹为观止。

这时候季绯在他身边来回转，时不时问点什么，一副想偷技术的样子，看着有点儿好笑。

周鹭在起身的瞬间想起什么，从兜里摸出手机说："留个电话吧，我……"

他本意是怕再出现这样的状况，没有电话就相当于完全失去对方的消息。但是看季绯神情认真，他忽然又生出逗弄的心思，说："我是为了防止你偷走我电瓶，所以留个底。"

季绯闻言立刻翻了个白眼，但也没有太明显，毕竟今天确实得到了帮助，只好也摸出手机，嘴里还哼哼："要不要再录个语音？"

"什么语音？"这下周鹭有点不明白了。

"我，季绯，于 6 月 20 日中午 12 点 58 分，借了同行周鹭的电瓶，承诺……"一副大丈夫绝不行小人之事的表情。

周鹭："……"

季绯没能说完，自己先被自己逗笑了。

轻轻浅浅的笑声,混合着风,始终萦绕在周鹭耳边,温柔撩动着他的耳朵。

周鹭也跟着笑了,是无奈的,也是舒心的。

在这午后,安静的街道上。

/Chapter 8/
女神的粽子是牛油果味

第二天，依旧艳阳高照。

短时间内似乎都没有雨了，季绯却又忽然想念起雨来。

晴天方便骑行，却是真的热，且燥。

巨饿平台夏天的工服是一件黑红相间的短袖，张大嘴巴等吃饭的平台标志仍旧印在手臂袖子上。彻底脱下了那件连体的工服外套后，属于女生精瘦的身材完全显露出来。那露在外面的手臂，那紧身的黑色九分裤下白皙好看的脚踝，无一不是众人关注的地方。

笃行湖里粉色簇拥，大片大片碧绿的荷叶中央伸出一枝枝带刺根茎，顶着姿态娇美的荷花，被美院的学生们沿湖边小径围着，支起画板写生。

季绯就是这个时候从教学楼出来，手里的书本刚准备让徐冉冉带回宿舍，还没来得及转身，就被一个男生拦住了。

男生显然有备而来，虽羞涩，却大胆，他不递情书，伸手就是一枝荷花："季同学你好，我喜欢你。"

周围学生全都不走了，围在附近看热闹。

一般来说，季绯是会直接拒绝的，毕竟这三年来，这样的场面大家见多了。但这次，季绯没有说话，而是沉默了一会儿。

大家都在心想，难道有戏？

别说其他人，连徐冉冉都逐渐偏向了这个猜测。

谁知，沉默过后，季绯忽然说："你不知道笃行湖里的荷花不能摘吗？"

众人：？

男生也：？

这是你面对表白时该有的反应？

季绯接着说："湖边有标识牌：禁摘荷花，摘一罚十。现在赶紧去附近学生会交罚款吧，这事儿他们负责。"

男生脸上红转白，白转红，最后还是没动："我会去交罚款的，但是我想先等到你的回答。"

季绯看了眼表，说："我暂时没有谈恋爱的打算，你快让让，我还得去送外卖。"

男生下意识地侧开了身子，等季绯逐渐离开了视线范围，才后知后觉地想起什么。

什么？女神送外卖？

"女神送外卖"的消息不胫而走，一时间，B大男生宿舍里，不断有人提交新的订单，渴望有一天女神能够上门找人。

学校不禁外卖，但是宿舍楼下有宿管，不让人上楼，不过这也不是什么大事，只要能看到季绯停在宿舍楼下打电话等人出来，就足够男生们满足了。

　　消息传得快，很快B大男生也知道了。陈远阳就是其中最为激动的那一个，他当即下单，可惜显示接单的人不是季绯。这种低概率的事情，基本不会发生在他身上。

　　他极度想找个人说说话，可惜周鹭不在，周鹭也去送外卖了。

　　所以说，为什么啊？骑手这职业就这么热门？

　　陈远阳百思不得其解：这两人怎么回事？怎么就这么巧，都去送外卖了？

　　尽管陈远阳脑子里一团糨糊，他还是忍不住说出已经重复了无数次的话："这也太巧了太巧了太巧了吧？"

　　难道这是今年新流行？

　　巨饿平台的普及程度和饭团平台差不多，学生们不知道季绯究竟是哪一家，全在碰运气。

　　这天季绯接了好几个本院的订单，正欣喜不已地想着不用导航时，忽然发现身后追上来一辆电驴，坐在车上的男生个儿高腿长，把车开得很稳，与她并驾齐驱。

　　校园里的天空，夕阳温柔，晚霞连片，绚丽得像一场梦。

　　电驴从杨柳边过，周鹭没有侧过头就先说："我箱子里有十一份B大外卖。"

　　似乎是要跟她比一比的意思。

　　季绯不甘于人后，口齿清楚地说："我这边十三份。"还有点压过对方的得意。

后置的箱子看着不大,码放起外卖来,却不含糊,只要没有汤水,其他的都好送。

周鹭稍微加快了一点车速,忽然回头一笑:"那你赢了!"

男生的嗓音淡然,又带着点上扬的尾音,嘴角轻勾,有种少年意气在里面。

季绯也加速:"我要先去C栋,你呢?"

周鹭就笑:"我也是。"

两人声音散在风里,也落在路过的学生们耳里。

季绯还没说话,就见周鹭就一加油门,周围的风瞬间掠过耳际。

两人不需言语就开始新一轮角逐。

很快,粽子分别派发出去。

连夜赶制的同时,口味还能不落俗套,也只有A、B两大高校的食品院能做到。

除了学校已定的口味,B大还有些是校园名人包的猎奇口味。

陈远阳就帮周鹭也领了,一起拿回了宿舍。每人都有两份粽子,一份本院的,一份B大的,包装上分别粘着学校的校徽贴纸。

回到宿舍,陈远阳见周鹭在电脑前敲敲打打,他不怎么玩游戏,陈远阳凑近一看,人家果然是在完成老师留下的作业。PPT脉络清晰,有条有理,已经到了快完工的阶段。

陈远阳坐在旁边，拎着两份 B 大的粽子，左看右看，不知道选哪一份。他私心里虽然知道能拿到季绯包的粽子是妄想，但还是藏着点隐秘的小心思，毕竟期待嘛，谁都有的。

选来选去，选到周鹭都已经完成了 PPT 设计，还是没选出来。

周鹭坐在陈远阳对面，问："看完了吗？"

做 PPT 做得太投入，他没去吃晚饭，这会儿刚好饿了。

陈远阳简直把选择困难症演绎得淋漓尽致："左手的粽子包法棱角分明，右手的粽子包法圆滑无比，鹭哥，如果是你，你选哪个？"

周鹭从来不为别人做选择："我哪个都不选，你随便给我一份就行了。"

纠结半晌，陈远阳忍痛说："给。"

给的是棱角分明的那一份。

周鹭当即撕开包装，把里面两个粽子都丢进了小锅里，放水煮。

陈远阳十分宝贝地抱着另外那份 B 大的粽子刷微博，正好刷到 B 大校园网官方号，微博第一条如是：今天，我们就来揭晓女神包的特别粽子口味！

底下跟着一个视频，他点开，蓝牙耳机里就响起女生脆亮的声音。

"跟我倒数三个数吧，三……"

"二、一。"陈远阳吞了下口水，紧紧盯着季绯的嘴，等着她公布答案。

粽子是熟食，抽了气真空包装，不论是煮还是蒸，几分钟就够了。

热气里带着粽叶的清香，周鹭把粽子挑出来放进碗里，开始慢慢剥开叶子。

视频里的季绯面带微笑，说："是牛油果味，你猜对了吗？"

不是，讲道理，这谁能猜对？

任谁也无法把粽子的口味往牛油果上去思考吧？

陈远阳一时心情复杂，百般滋味涌上心头，余光看向周鹭吃粽子的动作，忽然一愣，他僵硬道："鹭哥，你那粽子什么口味？"

周鹭品了品，也是第一次吃到的滋味："好像是牛油果。"

很多人吃不惯牛油果，他倒是挺喜欢的，没想到还能吃到这样口味的粽子，奇异的同时又觉得好像找到了也喜欢牛油果的知己，一时间心情舒爽，跟着眉眼都柔和起来。

陈远阳：！！！

陈远阳根本没想到，两校学生几万分之一的概率，自己手里真的拿到了季绯包的粽子。但他更没想到，宿舍学生二分之一的概率，他把季绯的粽子给了周鹭！最可气的是，这还是他思虑再三后的选择！

陈远阳瘫躺在椅背上，用右手大拇指掐着人中使劲呼吸。

他要缓缓，他真的要缓缓。

半晌，终于缓过来的陈远阳悲愤道："情敌，拔刀吧！"

周鹭满脸莫名。

网上投票在晚上截止，B大以高出A大三十六票的微妙差距获得今年龙舟赛的主办资格。

早在投票发起的时候，参赛的人选就已经报名确定了。

原本季绯以为没自己什么事儿，准备做个单纯的看客，没想到又被秦圆逮住了。

咫尺之隔的A大，5月初名单拟定时，参赛人员还开了个短会。

周鹭听着学生会的人商量着该用什么方法赢得比赛，包括谁坐在前谁坐在后，逐个分析选手的长短处。一条龙舟要坐十来人，每个人的位置都是值得研究分析的。

周鹭身强体壮，这几个月在健身房又练出了两块腹肌，这下有六块了，看着格外让人羡慕。他原本以为自己会是舵手，结果学生会的人分析了半天，严肃且郑重地说："周鹭同学，我们想安排你做鼓手。"

这比赛不是特别正规，不管使用什么办法作为撒手锏，都是允许的，所以A大学生会想出了用周鹭这张完美的脸来出头，赚取女生们的鼓劲。毕竟鼓手是坐在显眼的地方，别人一眼就能看到。有了周鹭的脸，就不愁没人加油。

学生会会长跟这群人都很熟悉了，知道他们都是些什么性子。A大食品学院男生多女生少，很多人看到女生就激动，所以他打算从这一点下手。

当时周鹭琢磨半晌，说："打鼓提振士气，也行吧。"

然而等真到下水训练的时候，周鹭才发现，人家队友要的根本不是他的鼓声，而是周围看热闹的女生们的加油声。因为演练时，周鹭发现，女生们的加油声比他的鼓声还要让队友们兴奋，在女生们的呼喊下，他们划船的速度快了一倍不止。

　　端午当天，李奶奶先后接到季绯和周鹭的电话，都是邀请她去看洛河龙舟赛的。
　　比赛九点开始，七点多就有人开始准备了。
　　天气晴好，微风拂过洛河水面，波纹轻皱。
　　两条金黄色龙舟并排摆好，龙头是一模一样的神气，甚至连胡须都是翘着的。
　　有学生上去给龙舟插上了属于各自学校的校旗，旗子迎风展开，露出上面的校徽标志。
　　不少居民闻声而来，围在河岸的栏杆上，伸长了脖子看。
　　离比赛时间越近，来的人越多，谈笑声混在一起，织出一片岁月静好。
　　两校啦啦队都换上了统一的服装，手拿彩球，已经准备开始在洛河桥上斗舞了。

　　周鹭喝了口水，视线不在青春靓丽的啦啦队里停留，反而在人群里搜寻着，仔细地找着一个人。那人是出挑的漂亮，又高，在人群里一眼应该就能看到。
　　昨天中午在李奶奶家时，季绯就邀请了李奶奶看赛龙舟，他随口问了句:"你也会去?"

季绯说:"对啊,正好能放松放松。"

周鹭坐在原地活动身体,一直在找她,结果找到了早就占好了位置的李奶奶。

他活动完就顺着平地跑出十几步,去了围栏边,隔着木质围栏问:"李奶奶,看到季绯了没?"

李奶奶摇头:"没看见。"

不是说会来吗?周鹭心想着给人打个电话,刚翻出对方的号码就停住了,万一人家在忙呢?又不知道季绯到底是不是学生。

他有点烦躁,烦躁的来源是对季绯的了解过于少了,目前两人好像只知道对方的电话,其余的一概不知。

就在这时,口哨声响了起来,提醒着比赛快开始了。

周鹭穿着短袖短裤,露出两截笔直的小腿,从肌肉线条来看,是十分有爆发力的。

陈远阳在旁边喋喋不休,他因为体力不达标,没能成功参赛,只好把希望全都寄托在周鹭身上:"鹭哥,快穿上救生衣,马上要上船了。"

周鹭被陈远阳三两下套上了救生衣,在第二道口哨声响起后,推着去了船上。他的位置在最前方,也最打眼,他反手就能摸到龙头,身前的鼓一敲就能煽动人心。

没找到季绯,周鹭呼了口气,听着第三声哨。

哨声一响,鼓声跟着响起来,周鹭霎时没工夫去想别的了。

打鼓也是个力气活儿，丝毫不比划桨的人轻松。鼓声震天，一路和着栏杆处的呐喊声越来越激荡，他们的战术果然起了作用。

很快，就有路过的女生发现："天啊，A 大鼓手是谁啊？太帅了！"

"好像是他们的校草周鹭。"有人解答。

A 大学生会长就在这时站在河边的平地上边跑边拿着大喇叭喊："给 A 大加油，看上哪个选哪个，妈妈再也不用担心我没有男朋友了！"

这招儿姑且算作"美男计"的计策发挥了极大用处，一时间围观的人群里，女生顶了半边天。A 大这群单身汉子全都铆足了劲儿，奋力前冲。

眼看着 B 大落了下风，陈远阳在岸边皱着眉想："不对啊，B 大这么狡猾，连包粽子都邀请了绯宝拉票，没道理比赛时不要心机啊？"

就在这时，双方龙舟穿过桥洞，喧闹的呐喊声里，忽然飘进来一道歌声。

歌声很整齐，全是女孩子的声音，粗略估计得有几百个人在唱："B 大的男孩看过来，看过来，看过来……"

不仅是陈远阳，岸边所有人都有点摸不着头脑。

只见洛河之上，一艘小船轻轻漂荡，正浮在洛河中央。

河岸边，是 B 大早就安排好的女生在唱歌。

小船上坐着好几个人，男生划船，女生们穿着长裙，抱着玫瑰，并排站其中，超凡脱俗，若风吹得大一点，几乎有立刻要飘然而去的感觉。

A大学生会会长蒙了,喇叭里的声音哑了,正在比赛的队员也蒙了,手里的桨慢了。

只有周鹭不一样,在这特殊时刻,因为背对着前方看不见有什么,还在奋力打鼓。但他发现,自己再怎么打,队员的视线也不对劲儿了。

周鹭万般震惊,胳膊都震疼了,说:"划啊!"

B大的龙舟发力逼近了,几乎跟他们并排而行。

一枝玫瑰从周鹭余光里飞过去,伴随着周围男生"哇哦"的叫声,直接落进旁边B大的一个队员怀里。

鲜艳的红玫瑰的香味芬芳,仅仅一枝,就乱了人心。

A大的人全都侧头去看,满目艳羡,坐在周鹭身前的队员指了指他身后,正这时,玫瑰一枝一枝下雨似的落在了B大的船上。

玫瑰使得满船馥郁,尽管隔着点距离,A大的人也能闻到从风里飘过来的味道。

那是躁动,是青春。

周鹭跟着队友的手指一扭头,看见那条小船。

原本只是扫一眼,可这一眼便挪不开了。

他眸中逐渐蔓延出震惊、不解和迷茫。

那是……

周鹭谁也没注意,只看到站在最中间的那个人。高挑、漂亮、一部分羊毛卷被编了辫子,一部分散在脑后,很优雅的发型。女生嘴角噙着抹笑,眼角眉梢都温柔,怀里玫瑰快要扔完了,只剩下最后一枝。

这一瞬间,两相对视。周鹭的鼓声停了,季绯嘴角一僵,玫瑰也忘记扔了。

这就是B大的秘密战术。

A大使出了美男计,B大就用了美人计。竟然意外地相对应。

周鹭之所以没看见季绯,就是因为季绯早就坐在了洛河中央的船上,一直在等着他们来。

以季绯为首的B大校园榜五朵金花全在船上,没什么比她们全都过来助阵更让B大男生们激动振奋。刹那间,B大有如神助,每个人都争着一口气,不愿在学校的女神们跟前丢脸。划桨的速度齐齐加快,桨叶划开的波纹都带着股一往无前的力度,冲向不远处A大的龙舟。

明明没有影响,A大学生却觉得水波扑面而来,带着股劲风,仿佛身下的船都不稳当了。

有队友叫起来:"犯规啊!"

周鹭却在这嘈杂喧嚣的场景里,紧紧地盯着季绯的那一枝花。她会扔给谁?

A大的船和那艘小船擦肩而过,周鹭和季绯也擦肩而过。她没扔。

风一吹,季绯手里最后一枝玫瑰的一瓣儿玫瑰花瓣飘在空中,被风吹得打着转儿到了周鹭手边的鼓面上,随着鼓面震动,花瓣也开始上下跳跃,火一样悸动。

日头升高了，光线直射着水面，镜子一样清楚地映出无数影子。

周鹭设想过很多见到季绯的场面，可能在围观的群众里，可能在比赛结束后的回程上，也可能在第二天送餐的路上，唯独没想过两个人会在洛河中央相遇。

这么说，季绯也是学生？难怪她那么多次都在早点铺子遇见，送完餐回家也跟自己一个方向，他竟然一直没有把人往B大里想。

周鹭有点心不在焉，视线总忍不住去寻找那个乱了他一整颗心的人。敲出的鼓声也变得凌乱、软绵无力。

整个A大都有点颓靡，甚至有人已经讨论起了B大的战术。

"还有这种操作？输了输了！"

"原本以为咱们这招儿就够阴的，没想到对方比我们还要阴！"

"中间那个是B大校花季绯吧？"

"对对对，是季绯！"

B大校花，季绯。

陈远阳口中的"绯宝"。

周鹭想起这几个月陈远阳一直在宿舍里念着"绯宝绯宝"，无数次让他看看绯宝的照片、视频，他都没有在意，哪怕当时随便看一眼呢，都不至于是现在这种状况！

都怪陈远阳，谁让他不说全名，总是"绯宝""绯宝"地喊，他还当是"菲宝"或者"飞宝"呢，就是没往季绯的那个"绯"字上面想。

也怪他自己，要是稍微上点心，也不会认识好几个月都不知道对方是隔壁学校的人。

3月份他去B大看了油菜花，在那层层叠叠的金色浪涛里，拍了张照片，任他怎么想也想不到，那张模糊不清的侧脸会是季绯！

如果陈远阳喊他去一睹对方容颜时他去了……

周鹭竟然生出股懊恼，跟季绯有关的事情多了，花园、粽子，只要他留意一点……

周鹭头疼地抱着脑袋，目光不自觉地去找季绯的身影。那身影就在不远处，长裙的丝质腰带在风里飞舞，都像是姿态窈窕的少女，吸引着他挪不开视线。

然而季绯也没比周鹭自在到哪儿去，她手里最后那朵玫瑰没扔出去，却在此时快被主人揉烂了，忍不住低声问身边的徐冉冉："你说的A大校草，是周鹭？"

徐冉冉："对啊！"

季绯怔在原地："那个给我浇水的，也是周鹭？"

徐冉冉："对啊！"

季绯红唇微张，似是失语。

徐冉冉还在捂着心脏呼喊："天啊，我宣布，周鹭是我下一任男友！他打鼓太帅了！"

季绯不知道自己是怎么在徐冉冉每天满嘴"A大校草"中完美避过周鹭的姓名的，总之现在就是尴尬、无措，外加很多的后悔。

这是什么事儿啊？季绯悲愤地想，没有这么巧的吧？

手机响了很久，最后还是被徐冉冉提醒才接起来，是李奶奶打来的。

人潮已经慢慢散了，只剩下零星路人，攀着栏杆往洛河瞧，像是在观赏风景。

季绯握着手机，硬着头皮朝李奶奶靠近，李奶奶身边还跟着周鹭。

两人陪着李奶奶溜溜达达地回了朝霞路，李奶奶不在身边后，气氛忽然陷入沉默。一路上谁都没出声，都是欲言又止的样子。

忽然，季绯停了下来。

周鹭也跟着不走了，他斟酌片刻，还是率先打破沉寂："我一向对别人的事情不关心，所以不知道你。"

季绯头皮发麻说："我也是今天才知道你。"

这不是巧了吗？明明他们谁也不知道谁，却总在无形之中互相牵扯。

季绯想不明白："听说你成绩很好，你为什么来送外卖？"

这也是周鹭想问的问题："那你呢？你不也一样吗？"

下一秒，两个隐藏的有钱人齐声说：

"因为贫穷啊。"

都是一副理所当然的样子。

/Chapter 9/
像不像连体婴儿

7月一到,暑假也就到了。

大学暑假放得早,却也避免不了还是要承受这骄阳。

季绯浑身皮肤热辣辣的,像伤口上撒了辣椒面。她开着电驴,在这如火烈日中,快速穿街走巷。中午的最后一单在网吧,下单人是倪程宇。

网吧楼下,几个人正靠着墙吞云吐雾。

这地方最容易碰见些不讲道理的社会人士,也有不好好念书的十几岁非主流,但季绯并不害怕。

果然,在她要上楼时,有人伸手拦住了她:"小美女,请你玩游戏啊,跟我走吗?"

季绯说:"跟你去哪儿?"

男人笑时,手臂上的文身跟着抖动:"哪儿都行,网吧可以,酒店也可以。"

周围的人都笑起来,肆无忌惮,无视周围路过的行人。

季绯把外卖放在楼梯上,免得东西撒了,说:"不如先跟我走吧。"

男人从鼻子里喷出两股白烟,自以为帅气潇洒,实则难看无比。

"行啊,去哪儿?"

季绯微微一笑，说："派出所、公安局，随便一个都行。"

男人立刻明白自己被耍了，伸手就要去拽季绯的手腕。他料想女生细皮嫩肉、弱不禁风的，不像是会打架的，正准备给她点苦头吃，就在这刹那被掀翻了。

没错，是他被掀翻了。

掀翻。一点也不夸张。

男人被砸在地面时磕到了牙，口水跟灰尘黏在一起，脏兮兮的，濡湿了一片，不知道多久没洗的油头也散了，一缕一缕，看上去有点恶心。

不仅旁边的人，连路过的行人都被这凶残一击给吓傻了。

季绯一脚踹在男人身上，硬生生把人踹出两米多远。她拍拍手："不好意思，专业拳击十年整，别惹我，没结果，除非拳头硬过我。"

到底是公共场合，季绯又不是个善茬儿，男人没敢真的还手。他从刚才那一摔就看出来了，对方比他这个只会耍狠的假把式要能耐得多，于是爬起来骂骂咧咧地走了。他一走，其他人也跟着飞快溜了，生怕火烧到自己屁股上。

季绯原地站了会儿，这场面让她忽然想起个人。那时候，她还没来得及动手，对方就被周鹭拦住了。她也没想到自己只是刚起了念头，电话已经拨过去了，三声响，对面接了起来，熟悉的声音在耳际说："季绯？"

周鹭以为她这边又出事了，声音还带着几分急切："怎么了？"

"没事儿。"季绯忽然轻松起来，一上午的疲惫好像消失了，轻快地说，"我中午送完了准备休息，所以特意打过来嘲笑一下你。"

周鹭："……"

周鹭："做个人好吗？"

季绯随口跟他扯了扯皮，听见他那边的风声，知道人估计是单手在开车，于是说了两句就挂了，免得出什么岔子。她长腿一跨，拎着外卖几步上楼。

网吧挺正规，上下两层，格外宽敞，人也多，每个位置中间都有一块隔板。

不过再正规的网吧也管不了顾客喝酒抽烟，空气里总弥漫着刺激难闻的味道，在这大夏天，即使空调开得低也令人觉得不舒适。何况还吵得厉害，听久了耳朵疼。

徐冉冉也在。跟倪程宇隔着挡板，都在打 LOL。

这是徐冉冉新学的游戏，为了能跟倪程宇双排，她是下了苦功夫的。

倪程宇算是个游戏大神，什么游戏都玩得很溜，今天正好带着不少朋友在网吧开黑，场面看起来像是开 party 一样热闹。

季绯到的时候，徐冉冉被敌方角色抓死了，还在等复活。

原本挺悲伤的一件事，结果遇到十几天没见的季绯，徐冉冉的表情多云转晴，一把抱住她："嘿嘿，绯绯，好久不见！我看到接单人是你了！"

季绯中午给自己留了时间吃饭，原本在路边就能吃，现在这里有熟人，就不用蹲马路牙子了。她拿了两份餐出来，一份给徐冉冉和倪程宇，一份自己坐在旁边准备吃，边拆盖子还边说："你活了，再不动又要被打死了。"

倪程宇似乎很开心，他今天戴了副蓝色猫耳电竞耳机："绯学姐你好，我跟冉冉在一起这么久还没请你们一起吃过饭，要不我请你上网吧，今天下午的时间我包了！"

季绯笑着说："别了，我还得去送外卖，下次吧。"

倪程宇身边的朋友都差不多年纪，其中一个也笑起来，调侃说："大美女送什么外卖？留下来我们带你开黑呗，保准你一把都不输！"

徐冉冉在旁边帮腔，但她知道季绯不会浪费太多时间在游戏上，就说："你不是正好要吃饭嘛，顺便来一把？"

这就没办法拒绝了。

季绯说："我不太会玩这个，输了不能怪我啊！"

几人都说："当然不怪！我们带你能起飞！"

结果前脚能起飞，后脚就 defeat（失败）。尴尬，大写的尴尬。

季绯坐在徐冉冉的位置，看着跟她组队的四人，无言只剩沉默，最后说："我是不是太菜了？"导致四带一都带不动？

几人齐齐摇头："当然不是！"

为了转移话题，其中一个男生说："我的外卖怎么还没来……"

游戏又开了一局。

季绯操纵的角色是个娇俏小美女，不小心拿掉了敌方的蓝爸爸后，正被对方三个人疯狂追杀，尽管她开了闪现在遁逃，也敌不过对方的穷追猛打。

眼看要到自家野区，敌人也没见有减速的意图，季绯自知跑不过也打不过，正准备原地等死时，身后忽然伸出一只手，覆在她握着鼠标的右手上。那只手温热干燥，带着她移动鼠标，然后屏幕上已经残血的小美女忽然加盾，一顿晃花人眼的操作过后，敌方三人倒地，小美女来了波绝地三杀！

跟游戏音效一起响起的还有季绯的惊呼。她听见贴着头顶的笑声，是明亮的，带着窗外热烈的暖，又混合着空气中闷热的燥，最后被这18℃的空调柔化。

季绯扭头，为这一波天赐般的操作感动："我终于拿人头了。"

周鹭轻咳了下，挑了挑下巴："继续啊，我看着，不会输。"

像是知道身后有人，就有了底气，接下来季绯放开了大胆地玩，竟然在无需帮助的情况下连杀两人，经济猛涨，最后逆风翻盘，夺得胜利！

徐冉冉在旁边仿佛从两人的相处当中看到了嚓嚓的火光，她眯着眼睛，开始思考一件事：他们是怎么勾搭到一起的？看着不像是刚认识。

她连忙挨着季绯，去摸情况："你跟周鹭认识？"

"说来话长。"季绯简明扼要地提醒，"他就是我们之前说的'巴宝莉'，我也是最近才知道他就是 A 大那个校草。"

徐冉冉："？"

一番如此这般的解答后，徐冉冉露出迷惑的表情："所以，那个冤大头就是周鹭，你们一起送了半年的外卖，结果互相不知道对方？"

"是这样。"

"……"

周鹭是带着倪程宇那个朋友的外卖过来的，正巧看见季绯，于是也凑了个桌子一起吃饭。

这段时间李奶奶暂停了中午的外卖，说是乡下有事情要忙，所以两人不用特意再赶去朝霞路。结果李奶奶一走，他们两个吃饭就都不太准时了，很多时间基本只能蹲在路边狼吞虎咽几口就要赶去下一单。

还没吃几口，倪程宇从旁边凑过来，目光死死地盯着周鹭，瞳孔里透露出激动："你好，骑手兄弟，你的操作太好了，我能拜你为师吗？"

周鹭先被吓了一跳，后来反应过来："好说。"

只见他从口袋里摸了摸，摸出张薄薄的卡片递过去："这是给你的拜师礼。"

没想到还有礼物，倪程宇激动之余，又有点受宠若惊，双手接住卡片翻过来一看，只见上面印着一行字：三餐到，美味到，饭团不让你饿到。

这行字底下，写着两个大字：饭团。

周鹭送了他一张饭团平台扫码进网页直接点餐的二维码。

做生意，就要见缝插针，不放过一丝一毫的机会。季绯受教，当即有样学样，也从口袋里摸出一张卡片递过去："既然如此，那这位朋友，我就祝贺你喜得良师。"

这张卡片翻过来，明明白白印着另一行字：心相约，爱相随，巨饿陪你过春节。

这行字底下，又写着两个大字：巨饿。

倪程宇："……"

网吧老板从这里走过，没看出他们是朋友关系，只当是两人在做广告。

网吧也提供餐饮，老板不想让他们明目张胆地抢生意，以"影响到了顾客"为由，二话不说，撵着人打算把人轰出去。

徐冉冉震惊了，任她怎么想也想不到季绯和周鹭竟然都在送外卖，而且还在相互不知道对方身份的情况下有了联系，这可真是过河碰上摆渡的——巧极了！

她本想去拉人，刚要开口，忽然见季绯隔空朝她挥挥手，也不像是想留下的样子，就顺势闭嘴了。

眼见两人背影随着楼梯而拐弯，徐冉冉看着那一蓝一红一高一低两道影子，竟猛然觉出点 CP 感来。

这方面她向来在行。

校草、女神。

饭团、巨饿。

A大、B大。

多合适的条件啊！多相爱相杀的神仙设定啊！

徐冉冉捂着嘴，无声地为这天赐般疑似是爱情的爱情激动落泪。

电驴停在林荫下，即使有树叶挡着阳光，坐垫也被晒得发烫。

中午头顶烈日，紫外线强，季绯打开坐垫，从里面的储物箱里拿出瓶防晒喷雾，对着脸一顿猛喷。女生嘛，过得再怎么粗糙，骨子里也是爱美的，这是改不了的天性。

周鹭站在她旁边，不可避免地被波及。

季绯看他一眼，忽然说："你是不是变黑了？"

季绯不太确定，毕竟两人也算是天天见面，微小的改变在每天的相处当中是很难发现的。

周鹭不太在意这些，他抬起胳膊看了看，没看出什么："应该吧。"

季绯说："你站过来点儿。"

周鹭抬眼，眼神里写着两个字"干吗"，但还是乖乖照做了。

季绯把喷口对着他也是一顿猛喷，细腻柔和的水线从脸上一直喷到了裸露在外的手臂，凉凉的，雾一样的感觉。

季绯说："老在太阳底下跑，皮肤容易被晒伤。"

周鹭摸摸脸抹匀，说："其实也没什么，我皮厚。"

季绯翻了个漂亮的白眼，不知道怎么就想起他上回耍流氓的事儿说:"你脸皮是挺厚。喷雾给你吧,早中晚都要记得喷。"

周鹭把喷雾收进自己的储物箱里,余光扫过旁边商铺放在门外的冰柜,说:"等我一下。"

他快步过去,买了两支雪糕又折回来,分给季绯一支:"给。"

空气燥热,唯独雪糕上飘出丝丝凉意,是当之无愧的解暑神器。

两人坐在路边的长椅上,撕开包装。路上行人很少,安安静静的,只有烈日一如往常。

道路边的玉兰树开了花,大朵大朵缀在叶片当中,微风把花香送过来,炎热的夏天好像也有了些许期待。

季绯吃雪糕和一般女孩不太一样,她喜欢直接咬,一咬就是一大口,宁可让雪糕化开在嘴里凉得直磕牙、起一胳膊的鸡皮疙瘩,也不会慢慢舔。

等周鹭手上被化掉的雪糕滴了一滴后,他才猛地反应过来,自己居然看对方吃雪糕看得入了神。他盯着自己没吃几口却化成了水的雪糕,痛苦地闭了闭眼。

完了。不知道为什么,他脑子里闪过这两个字。

吃完雪糕,季绯感觉灵台都更加清明了。但她旋即意识到一件事:"既然我们都没走,那为什么刚才不待在网吧?"

在空调房里吃雪糕不是更爽吗?

周鹭沉默两秒,然后笑起来说:"谁知道!"

可能因为网吧人太多,而他更想两个人待着吧。

时间过得飞快，眨眼间一个星期就走到了尽头。

久晴未雨的筌州也终于迎来了入夏后的第一场雨。

黑云压城，凉风拂面，暴雨持续冲刷着街面。

季绯又被雨堵在了路上。

好巧不巧，她又躲在了上回躲过的屋檐下。

铜铃声依旧清脆，吓走了春天想要在这儿筑巢的燕子，只留下夹角处还没有成型的泥巴。

季绯数着风铃转动的圈数打发时间。她忽然想起来，上一次躲雨的时候，周鹭在身边。当时他们还是互相不太欣赏对方的关系，结果因为那场雨，两个人的距离一下子拉近了很多。

季绯靠着墙面，墙面的冰凉穿透薄薄的工服T恤钻进后背。

不知道今天会不会碰见周鹭？

因为骑手的工作性质原因，一天里两人其实很少能碰面。以前是因为有李奶奶的订单在，中午总能见到，但是现在，有可能三四天都碰不见一次。

比如这次，粗略估计得有五天了。

头一次这么久见不着，还怪想的。

念头钻出来时，季绯数圈的嘴巴忽然停下了。她感觉自己有一点不对劲，但思绪随着被风吹得打了结的铜铃一起绕住了，想不出所以然。

纠结着，纠结着，雨中忽然又冒出个身影。

那人穿着蓝色的雨衣,冲破昏暗冲着她所在的地方奔来。

季绯顿时清醒了:"周鹭?"

周鹭的雨衣跟她那件雨衣是一样的,只有颜色不同,同样罩在电驴上,一红一蓝还挺有那么点意思。

即使有雨衣挡着,周鹭的衣服也湿了大半,风一吹,寒意直往骨头缝里钻。他拉了拉领口说:"真冷。"

季绯比他有先见之明,她从储物箱里拿出件备好的衬衫:"要不你试试?"

季绯躲得早,身上没湿,也不觉得冷。

周鹭看着那件整体都写满了英文的旧报纸风格衬衫,抽了抽嘴角:"你认真的吗?"

季绯眨眨眼,眼睛里明明闪着精光,却语气无比真诚地说:"反正这儿又没别人,穿吧,我不嫌弃你的。"

周鹭觉得这会儿的季绯焉儿坏,他硬气道:"我就是冷死,从这里冲出去,也不穿女装!"

季绯抱着开衫,忽然朝他凑近了一点,再凑近一点。

周鹭警惕道:"你干吗?"

季绯大大地深吸一口气,然后对着他湿透的肩膀吹了一口。

凉意顺着皮肤没入骨髓,周鹭打了个哆嗦,咬牙:"拿来!"

季绯得意地把衬衫递过去,表情夸张地说:"真香!"

周鹭忍了,他抖开衬衫,发现这衬衫设计还挺复杂,饶是见惯了各大奢侈品牌千奇百怪的设计思路，他也不知道这衬衫为什么有两个领口、四个袖子，像是两件衣服缝在了一起。

周鹭皱眉，觉得怎么穿都不对："你怎么买这么奇怪的衣服？"

倒是挺宽松的，季绯穿肯定大了。

季绯也觉出不对，围着周鹭转了一圈："这衣服是我室友，就是上回网吧那个女孩儿给我买的，说很流行，我打电话问一下。"

徐冉冉接到电话时，正在王者荣耀里冲排位。

"为了接电话，我这局晋级赛失败了，请季绯同学给我一个不生气的理由。"

季绯压低声音："你上回给我买的那件衣服怎么回事，怎么穿着怪怪的？"

徐冉冉在床上爆发出铜铃般的笑声："姐妹，那是情侣装啊！"

季绯惊得眼睛都瞪圆了，等挂断电话，就见周鹭挑眉看着她："怎么说？"

季绯纠结了一会儿："她说是情侣装，两个人一起穿的。"

难怪有两个领口，四个袖子，周鹭拎起一只长袖，真心实意地疑惑："两个人怎么穿？"

季绯眼神闪了闪："不知道。"

"要不试试？"周鹭斜睨她一眼，"我有点好奇。"

直觉告诉季绯，不能答应，但她嘴巴却往反方向说："我也挺好奇的。"

季绯心想：只是好奇而已，不是因为别的！

衬衫的四个袖子分别是两个长袖两个短袖，周鹭穿了短袖，季绯就只能穿长袖，等穿好了她整个人也就因为这件奇怪的情侣装被固定在周鹭怀里了。两个人的体温融合在一起，谁也没说话，只能感觉到频率一致的呼吸声。

因为衣服的束缚，周鹭下巴正好磕在季绯的头顶，那头蓬松的羊毛卷发触感也软软的，带着浅浅的茉莉花香。他怔了片刻，笑着说："哎，你觉不觉得，咱们像连体婴儿？"

由于衣服限制，他们只能同时迈步。

季绯感觉到自己从下巴到脸颊，都被头顶的声音烫红了，这会儿，打拳击的双手好像连拳头都握不紧了，她说："像巨婴。"

周鹭就笑，在她身后，接近耳边，呼出的热气都能被耳朵感受到。他胸腔在震颤，连带着紧贴在一起的季绯也跟着发颤。

雨势变小了，季绯从衣服里脱离出来，半低着头。

就在这时，不远处的马路上由远及近轰鸣着开过一辆重机车，机车尾部的防水音响调到了最大声，一段音乐就这么从耳边呼啸而过：

"最美的不是下雨天，是曾与你躲过雨的屋檐……"

速度太快，就听见这一句。

但是足够了。

从刚才开始,两人之间的气氛就怪怪的,季绯背在身后的手指缩了缩说:"你觉得美吗?"

下雨天啊,屋檐啊,你和我啊,怎么一句歌词里的所有场景都能对上!

周鹭能感觉到心跳一直在加快,他咂摸了一会儿,尽力稳住心神说:"差点意思。"

季绯说:"我也觉得。"

具体差点什么意思,两人谁也没说。

雨停了。

/Chapter 10/
饭团这个奸诈小人

距离那个雨天过去已经有段时间了，当天的画面却总是出现在季绯脑子里，有时候做梦都会梦见她和周鹭穿着那件情侣装。衬衫已经被压进衣柜底部了，但这个举动似乎无济于事，即使她看不见，也能想起来。

体温、呼吸，两个人离得那样近，超越了以往一切距离。

无形之中，似乎有什么感情变质了。

季绯拎着外卖，沐浴着晚风，差点因为出神撞在小区花圃里。她心有余悸地看着那一丛刺月季，连忙收拾好思绪不敢再想了。

送完这一单，外面的天色就真的暗下去了。

晚霞的颜色一点点消失不见，抬手一看，已经七点了。

夏天的夜晚来得慢，顺便带走了一部分热度，楼下不少人在散步，一只宠物狗撒开腿呼啦啦跑过去，后面还跟着乌泱泱一大群人。

季绯走出小区，口袋里的手机忽然响个不停，像装了弹簧一样连连响动。她正疑惑谁这么急躁地给她发消息时，屏幕一亮，显示出大部分时间都是沉默状态的巨饿外卖新手群。

怎么回事？骑手们平时从早忙到晚，很少有时间闲聊的，怎么今天这么热闹？

抱着这样的想法,季绯点开了 99+ 的群聊。

入目就是一片夹杂着祖宗十八代的怒骂。

季绯更好奇了,这群人平时还是很温和的。

【饭团外卖简直不是人!】

【怎么回事啊?】

【我今天去一个商家店里取餐,结果他跟我说从明天起不入驻巨饿平台了!】

【这有啥啊?不是挺正常的吗?】

是挺正常的,不喜欢就换呗。

季绯也不太明白这个骑手为什么这么愤怒。

【问题是,这不是商家自愿的啊!是饭团平台强制的!】

【怎么说?】

【商家说,饭团内部出了新公告,一是佣金上涨,二是强制要求商家只能入驻饭团平台,如果同时入驻其他平台的话,就会遭到饭团的永久下架!】

一般来说,同一个商家可以入驻任何外卖平台,只要给平台交了佣金,就能常驻,这样既利于商家通过多个平台赚钱,也给不同平台的骑手们更多的发展机会。

　　提升佣金还好说，但如果一个商家只能入驻一个平台，那么商家和骑手的利益就会同时受到损害。

　　尤其是，在饭团外卖和巨饿外卖势均力敌的状态下，选择饭团，就意味着会失去同样流量巨大的巨饿客户。

　　饭团这波操作，简直就是霸王条款。

　　【这是人做的事吗？】

　　【据说这个公告现在正是推行阶段，从筌州开始，估计很快就会传达到各个省市。】

　　一旦饭团公告推广完全，巨饿和其他平台就势必会损失掉一部分客户。

　　季绯眉心皱起，原本想回学校休息的行程立马改成了回公司总部。小电驴开得像要飞起来，在这路上风驰电掣，所过之处不留一片衣角。

　　季绯风一般冲进大楼，还没摁楼梯，就被前台一个客服给拦住了："哎，你在干什么？外边门上贴了公告，明明白白写着公司本部不允许外人进入，外卖统一放进一楼外卖柜，你是看不见吗？"

　　季绯原本急得很，听见对方口气不善，一扭脸说："新人？"

　　她一向待在学校，后来又成为骑手东奔西走，气质里糅杂着各种烟火气，但此时，她眼神凌厉、语气冰冷，仿佛一瞬间回到了自己原本的角色。

她是巨饿公司的大小姐,也是未来的继承人。

客服被她盯得舌头打了结,但还是强撑着说:"不关你的事,反正这里你不能进。"

旁边很快走近一个人,看清季绯的瞬间,手里的咖啡都端不稳了:"大……大小姐?"

客服一愣,更加结巴:"大……大小姐?"

季绯扫一眼客服精致的妆容、优雅的打扮,嘴角挑起抹笑,明明没有抹口红,却有种格外强大的气场:"新人入职,先教规矩,这么盛气凌人的客服,不知道的以为你才是大小姐。"

她轻轻哼笑,在客服惊诧的目光中刷了电梯卡。

——还是专门供高层使用的 VIP 电梯卡。

夜里十点,巨饿总部大楼灯火通明。

季绯窝在属于自己的办公椅当中,听着各个高层七嘴八舌地讨论对策,场面十分嘈杂。

她身上还穿着巨饿平台的工服,在一群西装革履的成功人士当中,竟也没有丝毫怯意,反而有种不守规矩的桀骜,一群人里只有她与众不同。

季长庆坐在首位,面色凝重。

季绯就在场面逐渐安静下来时,说:"不知道大家能不能听一听我的观点？"

季长庆有心磨炼她，于是道："消息是你带回来的，你当然有提意见的权利。"

"饭团的决策开始实行，就说明他们准备凭借这个机会打压其他平台，做到一家独大。我想联合其他平台，一齐给饭团施加压力，让他们收回这个决定。敌人的敌人就是朋友，何况巨饿树大根深，一时根本撼动不了。我们并不担心没有客户，该担心的是那些比我们弱小的外卖平台，毕竟不知道什么时候，他们可能就消失了。

"物竞天择，适者生存，最先淘汰的就是弱者，一定有人比我们更着急……不过这么伤敌一千自损八百的招数，饭团高层居然能通过，我也感到很意外。"

之所以说饭团伤敌一千自损八百，是因为肯定有很多商家是宁愿离开饭团，也想要同时入驻多家平台的，毕竟广撒网才能多捞鱼。饭团虽然流量很大，但剩下的巨饿也不差，更别说还有猫咪外卖、小河外卖等。

所有人都在思索这个决定的可行性。

季绯的方法既可以和其他平台建立友好联系，又可以孤立饭团平台，但这无疑是要坚定地跟饭团打擂台。不过彼此的平衡是由饭团那边打破的，他们只是合理反击而已，不算是破坏了外卖环境的和平。

季长庆沉吟片刻："就按照季绯的想法，先联系其他平台。"

A 大校园一直被评为国内"十大最美校园"之一，夏季的景色也是别有一番风味。虽然没有 B 大笃行湖的荷花，但有一条修整在绿茵地中间的长长的、盛放的紫薇花道。紫薇树一到花期便开了满树，入目是密密匝匝的玫粉色。风一吹，花团摇晃，场景极美。

周鹭看见花道下有游客在拍照，大多是亲密的小情侣。男生臂弯里挂着包包和遮阳伞，双手举着相机给女生找角度。

女生不停地问："这个姿势怎么样？这个呢？"拍完了凑近去看原片，哀号，"怎么都这么丑啊？"

叽叽喳喳，又无比可爱。

周鹭看着那对情侣开始重新构思意境，不禁想到如果是季绯，一定随手一拍就很好看。

想到季绯，他摸出手机，又忍不住打开春天时拍的那张侧影。季绯的长相太精致了，精致中又透露着一股大气，即使图片看着朦朦胧胧，但立腰拔背的骄傲姿态藏也藏不住。他看着照片，心脏忽然怦怦怦地跳起来。

太快了，藏不住。

上次和她同穿一件衬衫，他虽然表面上冷静无比，其实内心早就紧张得不行。季绯不知道，当时的他手心里全是汗。

他喜欢季绯。

是日久生情。

从细碎的接触开始。

好几天没见到季绯了,倒也正常,他们骑手整天东奔西走的,天天见得到才奇怪。可问题就是因为以往总是经常见到,确定了自己喜欢她后,没有见面的日子开始变得难熬,总感觉缺了点什么。

就在这时,手机一响。

【绯绯心事:!!!】
【绯绯心事:饭团这个奸诈小人!】

好久没聊天的骑手兄弟忽然发来这么一条是什么意思?

周鹭皱眉,对于说自家平台坏话的人不想回复了。

这边已经准备和好兄弟一起怒骂饭团的季绯半晌没得到回复,只好把已经到嘴边的脏话都憋回去了。

小电驴停在街道口,周鹭把订单送出去,出来时居然碰见好久没见的小白。

小白刚从旁边店铺出来,脸上带着愁容,胸口的猫爪标志都有点萎靡。他看见周鹭,忽然说:"当你们饭团的骑手真好啊!"

周鹭不太明白:"你们平台怎么了?"

小白惊讶道:"你还不知道?"

周鹭皱眉:"知道什么?"

小白震惊过后拍着大腿:"不是我们平台怎么了,是你们平台!

你们平台不许商家多平台入驻，现在好多原本入驻了猫咪外卖的，全都跟我们平台取消合作了！合作的商家少，我们平台的骑手就接不到单，怕过不了多久就得辞职。"

周鹭瞳孔骤然一缩："你说真的？我怎么不知道这事儿？"

小白说："嘻！你们自己平台的公告，自己人又不受影响，当然是别人家感受更深，这几天我们群里都聊开了。喏，你看，现在已经上了预备热搜了，估计再有个把小时，就能爬上热搜榜。不过话说回来，你也就是个小骑手，这种高层公告不知道很正常。"

正常个屁！

这么大的决策他这个准继承人都不知道，这不可能！

怪不得他的骑手兄弟在网上这么激动，原来如此！

饭团和其他平台虽说是竞争对手，但又不是你死我活的关系，这么多年大家一直相安无事，如今饭团率先打破了和平，那以后怎么办？

周鹭一刻也没敢停下，立刻给公司市场营销部的小李打了个电话。

小李跟他关系不错，几乎是瞬间接通，他疑惑道："少爷？"

周鹭冷静地说："公司上热搜了，给你十分钟，把热搜压下去，否则后果不堪设想，快！"

小李沉默片刻，说："好，我知道了！"

挂断电话，周鹭驱车迅速去了公司，像在跟时间赛跑。

虽说各个平台失和是目前最重要的事，但他私心里，其实还藏着另一件事——饭团这么做，相当于给自己树敌，首先会不满的肯定是跟他们竞争了好几年的巨饿，季绯不知道他是饭团的高层，可万一知道了，他们的关系肯定会受到影响。

周鹭越想越觉得这个决策简直傻透了，这百害无一利的举措到底是谁提出来的？回去非得记他一个大过不可！

一路畅通无阻，周鹭直达董事办。

"周鹭！"男助理立刻迎了过来，"您怎么来了？"

"我爸呢？"

"董事长在开会呢。"

"饭团平台压榨商家的决定到底是怎么通过决策会议的？"

助理没听明白："什么？"

"我说，只准商家入驻饭团的提议，是怎么通过会议并实行的？"

助理茫然道："我不知道啊！"

周鹭急死了："那要你什么用？"

助理满腹委屈说不出："哦。"

周彦深从会议室出来时，一眼看见自家儿子还有点惊讶："你怎么来了？不是去基层当骑手体验生活了吗？"

周鹭拧着眉："本来我确实忙得脚不点地，但我听见一件事，新公告强制商家只能入驻饭团平台，同时提高了百分之五的佣金是怎么回事？我怎么不知道？"

周彦深也皱眉："我怎么不知道？"

一老一少父子俩都是同样的"蒙"。

周鹭："？"

公司大楼亮着灯，顶层会议室。

已经是凌晨，空调一直没关，冷风呼呼的，在这夏夜越发让人感觉后心发凉。

审查已经开始了，公司高层全都被召集在会议室等待结果。

长桌右侧，有个大腹便便的中年男人却在这微凉的温度里，渗出了汗水。又过去十分钟，男人终于像是不堪忍受了，抖着嘴唇说："是我，是我干的。"

周鹭把视线挪过去，这人他知道，叫魏福，已经是公司的老员工了，目前担任筌州城市经理一职。

魏福懊丧地抓着头发："是我对不起公司，可我真的没办法了，我儿子魏明欠着朋友的债，对方逼得紧，我也是一时鬼迷心窍才想通过提高商家入驻的佣金还上这笔债。至于强制商家只签约饭团平台，是因为之前开会的时候我提出过这个建议，但被董事长驳回了，我不肯放弃，想试一下究竟能不能行，就在平台原本的三星级以下商家私自实行了，我真的没想到会变成这样……我……我错了……"

他所想的是，如果这个计划成功了，那他就为公司争取到了独占商家的机会，届时离他升职加薪就不远了。就算失败了，这些三星不到的新加入商家也翻不起什么浪来。他根本没想到周鹭在基层，更没想到事情会被周鹭戳破。

"你知不知道这样会破坏饭团经营了十几年的良好口碑?"周彦深气得胸腔起伏,手指连连颤抖,"幸亏小鹭发现得早,把热搜压了下去,否则饭团将面临大众的口诛笔伐,到时候该怎么收场?"

魏福低垂着脑袋,不停地认错:"对不起董事长,是我头脑发昏,我……"

"忏悔的话等一会儿再说,"周鹭手指屈起敲着桌面,发出令人心慌的响声,"现在这个你已经进行到哪一步了?"

魏福后悔地说:"同意入驻的商家已经在线上交了钱,但我只在筌州实验了,而且实验对象是三星级以下的商家……"

外卖平台上入驻的商家也分等级,五星级为最高,是口碑不错的商家,一二三星级则是新加入商家,这些商家没什么知名度,为了获得利益,很可能会同意这样的霸王条款。而他们选择饭团,放弃别家,基本都是看中了饭团成立多年的底蕴,相比起年轻的巨饿平台来说,还是饭团更加有保障。

"也就是说,现在饭团的常驻商家并不知道这件事。"周鹭皱着的眉头稍微松了松,"未免寒了商家和别家平台的心,现在赶紧把钱退回去,并且营销部立刻发布道歉声明,热搜只能压住一时,等消息传开了就难办了。"

小李连连点头:"是,我马上去办。"

就在这时,助理敲门进来,神色严峻地说:"董事长,您的电话。"

周彦深直觉不好："谁的？"

"巨饿平台打来的。"

周鹭一顿。如今提起巨饿，他最先想到的总是季绯。

助理看看众人的脸色，又说："同时还有猫咪外卖、度娘外卖、小河外卖等。"

基本叫得上名字的，都在里面了。

一个决策的产生，可能只是脑海里闪过的那一瞬间，但后续留下的烂摊子不是这么简单能收拾干净的。

第二天上午，盖着饭团外卖印章的请帖就由平台专人一个个送了出去，最后落进各个同行的手里。

季绯知道饭团举办致歉酒会的时候，正久违地躺在季家别墅的飘窗上看饭团平台微博官方发出的声明。

声明上说，地方城市经理的私人决策侵犯了平台商家的利益，目前公司已将人开除。

霸王条款没上热搜，道歉声明倒是一直在热搜第一挂着，在不少不知道内情的群众看来，这就是诚意十足的一次自查行为。

啧，原本这是个不错的打压饭团的机会，没想到这么快就被处理好了。不过这样也好，饭团主动求和，总比真的跟他们对着干好，多一个朋友总好过多一个敌人。

季绯下楼时刚好碰见白玉从厨房里出来："听你爸说，你也收到了酒会邀请？"

季绯点点头："嗯。"

白玉疑惑："怪了，你从没在公众场合出现过，他们怎么想到你的？"

"这话说的，我有个女儿的事又不是什么秘密。"季长庆从阳台进来，手里拎着浇花的小喷壶，"只能说发起活动的这个人有心，事先了解过我们公司。"

活动是周鹭发起的，他的确做过这方面的功课，知道季家有个不显山不露水的女儿。

说来也怪，这个季家小姐貌似从不出席圈里的聚会，所以同年纪的富二代们谁也不知道季小姐长什么样，甚至还有传闻说她是因为长得太丑，所以不敢参加聚会。不过耳听都为虚，真正原因大概只有季小姐知道。

白玉放下盘子，紧接着去倒牛奶："我昨天跟人搓麻将时听说发起活动的不是别人，是饭团未来的继承人，听说这次的事情能处理得这么迅速都是那位继承人的功劳。"

"这说明人家继承人当得好。"季长庆笑着说，"不过咱们绯绯也不差，人不犯我我不犯人，人若犯我联合对手奉还。"

他们给饭团施压，也是为了让饭团不要太得意忘形，告诉饭团得罪同行是没有好结果的。

"我什么也没干，"季绯吃着三明治，"是他们内部出了问题。"

她只是顺水推舟，让对方知道巨饿的强大而已。

没有立刻给对方买热搜把事情闹得沸沸扬扬，是她给予对家最大的善良了。

天空蔚蓝，水波澄澈，露天酒会现场。

周鹭难得换上了一身西装，男生身材挺拔，宽肩长腿，是天生的男模身材，一走出来，周围的女生们都看直了眼，互相私语起来。

周彦深有心把他正式介绍给各位同行，所以一直让人跟在身边，逢人就碰个杯混脸熟。一轮过后，周彦深看了看手表："巨饿的人还没来吗？"

助理小声说："说是刚刚到了。不过季董女儿的裙子染了红酒，在二楼处理呢。"

周彦深抬脚要走，反应过来又问："他的女儿也到了？"

助理好奇死这个季小姐了："到了，都到了。"

周彦深朝周鹭侧了侧脸："走，去当面跟人赔个不是。"

周鹭点点头，重新在托盘里端了杯酒。

二楼，季绯坐在吊椅里，裙摆被服务员小心捏在手里准备上干洗剂。季长庆站在她身后说："待会儿我们去见见饭团的继承人。"

季绯"嗯"了一声，正想说什么，听见房门被人敲响，另一个服务生连忙去开门。

周彦深率先走进来："季董，久仰大名。"

季长庆跟人握手:"周董,幸会。"

周彦深视线落在背对着他们的吊椅上:"季小姐的裙子还没处理好吗?"

季绯示意服务生停下动作,自己拎着裙摆转过身:"多谢您关心,其实没什么大问题的。"

听见声音的那一刻,周鹭就愣住了,他脑袋里陡然一炸,像是有什么东西散了开来,变得一片空白,连思考能力都没了。他有点不敢相信,目光直直盯着对面的女生。

季绯说完抬眼微笑,那双眼睛里还没来得及溢出星星,忽然间视线一滞,也愣住了。

时间仿佛静止了一瞬,连空气都流通不畅。

四目相对,俱是愕然。

怎么回事?

季长庆从他们对视的神情当中琢磨出点意思:"你们认识?"

周鹭率先反应过来:"是的,但……"

认识是认识,但谁能想到,季绯居然就是那个从不露面的季家大小姐?

季绯也逐渐回过神,讶异之色褪去,变成原来如此的神情。难怪周鹭会去送外卖,对方原来也抱着跟她一样的想法。

周彦深忽然笑了:"既然两个小辈互相认识,就让他们自己去玩吧。"

楼道口没有人，季绯和周鹭却一度十分尴尬。

"那什么，"两人同时道，然后又都捏捏耳垂说，"好巧啊。"

似乎除了"好巧"两个字，再没有别的能解释他们之间丝丝缕缕的联系。

巧的是，他们有着差不多的身份。

巧的是，他们就读了差不多的学校。

巧的是，他们做出了差不多的选择。

巧的是，他们互相不了解对方。

然而最后，他们却被这些差不多牢牢牵在了一起。

/Chapter 11/
以后想撒娇，来我这里

饭团平台霸王条款事件终于尘埃落定，吃瓜群众趁着热度还在，刷了一波诸如"上厕所没带纸于是点外卖让外卖小哥送纸""外卖小哥深夜收到山上殡仪馆订单吓哭"等外卖趣味事件，博得了众人一笑。

季绯也跟着笑了，因为她想起自己也有很多件好笑的事，虽然都和周鹭有关。比如嘲笑周鹭被交警拦住结果引火上身跟着被罚，再比如培训时互相比拼谁的嗓门儿大结果上头了变成真的生气，再再比如酒吧里借DJ的话筒找顾客结果找到周鹭。

现在想起来，怎么忽然觉得趣味少浪漫更多。

她的关注点果然不对劲！

虽然马甲一层层掉了，但季绯并没有因此而放弃送外卖的事业，相反，知道周鹭也没有放弃后，她还更起劲了，每天都觉得有人在鞭策自己要努力。

凉风入夜，此时的步行街最为热闹。

季绯送完手里的外卖，在街边一线小吃铺子里买了份煎饼馃子边走边吃，没走几步，看见步行街的拱门口围着一群人。这很正常，人多的地方流浪歌手就多……但是边唱边哭的还真是第一回遇见！

女生的嗓音含着哭腔，唱一句能哽咽半句。

季绯拿着晚餐挤进人群,看见中央的女生梨花带雨,握着立式话筒在唱:

"分手就在那个下雨的午后,你放了放了手,我摇了摇了头,泪水往心里流……"

旁边也有人小声讨论着,季绯顺耳听了几句。

"怎么回事啊?"

"异地恋,说是恋爱七年的对象跟她分手了。"

"我就说异地不靠谱,女孩子的青春都在这七年里了……"

出乎意料的是,季绯在对面人群里见到一个熟悉的身影。

那身影穿着黑蓝相间的夏季工服,正拨开人群往里走:"让让,都让让,送餐呢!"

声音被周围的嘈杂给吃掉了,周鹭费力挤到最前方,看看订单上一行大字:失恋了,要帅气的小哥哥送餐,不然不吃。

再看看哭得下一秒就要昏过去的女生,周鹭面色有几分凝重,他走过去,从后方轻轻拍了拍女生的肩膀:"你好,外卖。"

女生已经唱完了,但哭得很投入,半点反应也没有。

周鹭硬着头皮:"小姐你好,你的外卖。"

女生啜泣不止,多少人劝都不管用。

周鹭只好又说:"香辣蟹凉了就不好吃了,还腥,单卖要二十块钱一只呢,你这满满五只,不吃都亏了。"

女生肩膀抖动的弧度变小了,闷闷的声音从脸颊埋进膝盖的缝隙里漏出来:"你帅吗?不帅不吃。"

周鹭停顿几秒:"应该还可以,反正不丢人。"

下一秒女生抬起头来,一双眼睛肿得像桃子,愣愣地看了周鹭一会儿,忽然鼻头翕动,又要哭了:"为什么送外卖的都这么帅啊?你说他长得那么丑,怎么好意思跟我提分手!"

周鹭附和道:"是是是,是他没眼光。麻烦你先签收一下,我这边显示要超时了。"

女生自顾自道:"我一直等着他来娶我,不说驾着七彩祥云,起码人要来啊,结果呢?他有小三了!要不是昨天赶过去给他过生日,我还不知道要被他骗多久!"

周鹭同情道:"这真是个人渣,你换一个吧,天涯何处无芳草,不过得先签收。"

女生咬了咬牙:"换千刀的,别让老娘再看见他!"

周鹭在旁边等半天了:"别伤心,先吃饭,吃饱了才有力气骂,你看什么时候能签收一下?"

季绯在人群里捂着肚子,差点笑出声来。虽然这样有点不道德,但是这场面实在太滑稽了——周鹭今日份儿卑微。

女生像是终于听进了周鹭的话,眨了眨酸涩的眼说:"你给我唱首歌,我就给你个好评。"

好评,一个骑手的毕生追求。

周鹭连犹豫都省了:"唱什么?"

"《分手快乐》。"

"行。"为了好评,没有什么是他做不到的。

季绯藏在人群里,此刻身高优势就显现出来了,她不需要再往前挤,就能看清楚中间发生的一切。

《分手快乐》的伴奏从音响里飘出来,周鹭深呼吸一口气,站到了立式话筒跟前。

季绯还从没听过周鹭唱歌,她三两口解决掉手里的晚餐,准备接受美妙歌声的洗礼。

实话实说,周鹭的嗓音条件非常不错,可清朗可低沉,唱歌一定很好听,尤其是那种走深情路线的歌。

季绯认真等着前奏过去。

三秒,两秒,一秒。

开始了。

"我无法帮你预言,委曲求全,有没有用。"

季绯:"……"

委曲求全,是没有用的。

季绯默默把耳朵堵上了。

谁知道拥有那么好一副嗓子的周鹭唱起歌来要人命啊!

这么一首人人都会哼几句的歌,从他嘴里唱出来硬生生变了个调,让人根本分不清他唱的和自己理解的到底是不是同一首。

周围女生都沉默了。

这群人前一秒都和季绯一样,抱着一饱耳福的想法,毕竟这么好看的人,唱歌肯定也不差,谁知现实就是这么残酷。

现场一片死寂。

还在痛哭的女生静止两秒,在听见周鹭拉长的声音破了时,终于没忍住笑出一个鼻涕泡。

周鹭原本还在忧郁慢摇,自我感觉非常良好,谁知余光里忽然闯进个高挑瘦削的身影,他摇晃的动作霎时停住了,脖子像是机器人一样咔咔转动,目光最后停在了那个穿着黑红色工服的女生身上。

扯淡吧?周鹭心想。

他看过去,好像选择性无视了挡在他们之间的所有人,视线里只有季绯。

季绯脸上的神情难以解读,她满心只有一句话要说:终究是错付了。

"都围在口子上干什么呢?知不知道影响交通了!"就在这时,身穿青绿色执勤装的交警拨开外三层里三层的人群走进正中央,"我是交警,这块地方不允许逗留不知道?"

林正义负责这一片地方的管理,跟人轮班,专门查违章违纪行为,偶尔也会管一管此类聚众挡路的行为。他话刚说完，忽然一眼扫到了周鹭，心底涌起熟悉感，半晌，皱了皱眉说："又是你啊，同志，这里不允许驻唱，你已经严重扰乱街道秩序了，后边的人都堵在一起，我有权利处罚你。"

周鹭松开话筒，张张嘴想说他只是受人之托，但人家女生今天已经很倒霉了，看看那哭得下一秒就快要昏厥过去的样子，他要是这时候再加把火，那女生估计会更加觉得人间不值得。

周鹭于是放弃了，他嗓音干涩，觉得流年不利，但还是用肩膀扛起了责任，苦着脸说："林同志，请问这回又罚多少？"

林正义咳了一下，似乎对于自己刚才的话让他产生了误解而尴尬，伸手递给他一片小红旗说："这回不罚钱，你就站在旁边疏导人群，罚站二十分钟就行。"

周鹭心下一松，又和季绯对上了视线。

人群中，季绯右眼皮忽然猛烈跳了两下，她直觉不妙，脚底抹油正想走，就听见周鹭大喊一声，嗓音破开夜风直冲过来："季绯！刚才你是不是也唱歌了？"

季绯愣住了，她指了指自己："？"

周鹭冲她良善一笑，看起来有如春风化雨般和煦。季绯却感觉此刻冬日寒风刀子一样往心里割。

"就是你，有福同享有难同当，你别想跑。"

季绯有一万句不太干净的话想骂。

偏偏林正义也认识季绯,并且经过上次两人都没戴头盔的前科经验,对周鹭此时的话深信不疑:"既然如此,你们俩就共同负责这二十分钟的疏散工作。"

季绯红唇微张想解释,周鹭看穿她的意图,伸手一把捂住了她的嘴,直到林正义满脸莫名地转身和其他交警说话时才松手。

季绯小脸憋得通红,羊毛卷也在挣扎中散开来,整个人活像炸毛的狮子王。

周鹭在旁边劝道:"好兄弟,别生气。为了小事发脾气,回头想想又何必。别人生气我不气,气出病来无人替。"

季绯双眼一翻,胸中郁结,感觉更气了。

偏偏周鹭还在念,倒豆子一样:"我若气死谁如意,况且伤神又费力……"

季绯反手去捂他的嘴:"你闭嘴!和尚念经都没你烦人!"

两人谁也不知道,被交警罚站的这一幕已经被人实时上传到了微博超话,并持续发酵。

【哈哈哈,因为男神唱歌引起交通堵塞而被交警罚站的情节是真实存在的吗?】

【所以说,女神好惨啊,无辜被连累!】

【难道没人注意到,男神穿的是饭团外卖的工服,女神穿的是巨

饿外卖的工服吗?】

【我刚刚就想说了!他们这身衣服是怎么回事?难道两个人都在送外卖?】

【我是B大学生,我可以证明,女神的确是在送外卖的,别问我为什么知道。】

【楼上的,我和你相反,我A大的,我也可以证明,男神也在送外卖!据男神室友说,男神此举是准备积攒社会经验!】

【#论男神女神之间让人窒息的操作:组队送外卖#】

【既然大家都在刷男女神,那我就自己夸一夸巨饿和饭团的工服设计吧,一个红一个蓝,自古红蓝出CP,妙啊!】

【这么一说,我开始怀疑一直对立的两个外卖平台其实早已暗度陈仓了!】

【天啊,我刚从另一个视频过来,原来男神竟然是饭团的大少爷,女神竟然是巨饿的大小姐?这是什么神仙设定?】

【???】

【????】

【?????】

一连串的问号以后,有人放出了饭团致歉酒会当天的现场视频。

半晌过去,这群人艰难地回复两个字:【我——去——】

最后大概总结一下。

围观群众：【这波狗粮，我先吃为敬。】

7月下旬，放假了大半个月的一部分食品学院学子又都拎着小件行李返校了。

原因无他，放假前系里就发布过消息，月底安排了一场以"忆苦思甜"为主题的下乡实践活动，这个活动没什么特别的，但能加学分，学分直接关系到能不能顺利毕业。因此，对于那些学分没修完的人来说，这次实在是个难得的好机会。

于是，尽管头顶艳阳天，脚踩黄土地，学生们还是干劲十足地坐上了进入城乡接合部的大巴车。当然这些人当中也不乏被朋友们拉着来的。比如说季绯，她就是被徐冉冉以"好姐妹一起走，谁逃避谁是狗"为由，硬拽过来的。

太阳晒得肉疼，窗帘也挡不住炙热的光线。一个半小时后，大巴稳稳停下。

季绯从车上下来，抬眼一看，满目稻田望不到边，景色美得醉人。

蔚蓝的晴空之下碧浪连绵，风一吹波浪翻涌，行走在田间的农人被淹没后又冒出戴着遮阳帽的身影。稻田里蛙鸣阵阵，仔细看还能发现庄稼人喂养的稻花鱼。

在他们的大巴车后，竟然又来了一辆大巴车，挡风玻璃右上角贴了标志：A大研学营。

徐冉冉的视线紧紧盯着那辆车，声音轻得都快飘走了："天，A大竟然跟我们一起活动？你说周鹭在不在上面？"

季绯也在看，内心有种莫名的期待："我怎么知道。"

"你们不是互相浇水、互相送外卖的好朋友吗！"

"互相送外卖没错，但浇水不是你做的吗？"

"……"

好吧，其实自从知道周鹭的身份以后，季绯就开始自发给周鹭浇水了。

话说间，大巴车车门打开，陈远阳从车上跳下来，回头就做了个管家行礼的动作，语气恭敬道："鹭哥！鹭哥一路辛苦了！"

和季绯的情况相同，周鹭是被陈远阳死命拽来的。陈远阳有点宅男属性，跟他最铁的兄弟只有周鹭一个，非死皮赖脸地求着人一起来了。

周鹭一脚踩上坚实的土地，先是感慨了一番已经好久没感受到这样的环境了，然后就听陈远阳惊诧道："那是B大的车？"

大概是因为之前错过太多次，现在的周鹭，听见B大的第一反应就是季绯。他怀着满心憧憬一抬眼，不期然就撞上了心里所想的那个人的视线。

明晃晃的，像这日光。

季绯冲他笑，眼睛弯弯的，又盛着夜幕里的星星，日月交错，辉煌无比。

这还是两人这么久以来，第一次在校方活动的正式场面相见。

说来也真是奇怪，三年以来，两个学校举办的活动那么多，他们参加的也不少，竟真的从未遇见过。

周鹭便也笑了，低头的时候露出一抹别人难以见到的温柔。

徐冉冉忍不住捂着胸膛，捂完了胸膛又开始捂嘴巴："是我眼瞎了，还是周鹭真的笑了？"

季绯拍她肩膀，肯定道："是他笑了。"

徐冉冉继续压低了声音尖叫："他过来了？"

季绯继续肯定道："他过来了。"

不光徐冉冉，周围其他人的视线似乎也聚焦在了这里。

周鹭停在两人跟前，笑着说："巧啊，季同学。"

分不清是太阳光更明媚还是他的笑更明媚。季绯还是第一次从他口中听见这个称呼，有点新奇，又有点隐秘地开心："巧啊。"

摩拳擦掌准备在女神面前混个脸熟的陈远阳："？"

所以说，他们是怎么回事？他们看起来认识？还很熟？不是他能横插一脚的关系？无数个疑问盘旋在陈远阳不太好使的脑子里。

就在陈远阳泪流满面地终于发觉自己被周鹭背叛了的时候，面前小楼里走出个两鬓霜白的老人，两校的老师全都上前去迎接："李教授！"

老人穿着花裙子，草编鞋，形容康健，手里还摇着把大蒲扇。季绯和周鹭侧头看过去，一时间都呆住了，双双震惊道："李奶奶？"

李奶奶是央大食品院教授，退休四年，但仍备受尊敬，一直在乡下研究新型水稻，获得过不少国内外大奖，因此被称为"实验神话"。她前段时间因为好几次胃病并且一次比一次严重，上次犯病后被家里儿女勒令在家休养了半年，也被周鹭和季绯送了半年的饭。李奶奶儿女都出息，每次订的都是私家菜，根本不用担心食材不好，就指望着好好把她的胃养回来。

　　"是绯绯和小鹭啊！"李奶奶看起来很欢喜，像是没想到能在这里遇见两个熟悉的小辈。老人腿脚利落不显老态，开心地走过来看看这个又看看那个，跟看孙儿女似的慈爱，"瘦了，都瘦了。"

　　徐冉冉处于发蒙状态，自说自话："我怎么感觉他们谁都认识，这关系我混乱了。"

　　明明她们早晚都待在一起，结果季绯只是出门送了个外卖，就认识了校草男神周鹭和实验神话李教授，难道运气真是与生俱来？

　　陈远阳跟她是同款的"蒙"，两人境况也惊人相似，他说："我裂开了。"

　　参加活动的学生加起来只有二十个，统一分配在附近的民宿里，两人一间房，男女都住一层楼，方便两校学生联络感情，友好合作。

　　周鹭和陈远阳的房间就在季绯和徐冉冉的房间隔壁，双方走动起来很方便。

　　整理宿舍的一点点空闲里，陈远阳就和徐冉冉混熟了。两人开始一起分析周鹭和季绯之间的那点事儿，大有名侦探柯南探案的架势，最后震惊地发现：其实是他们两个人以周鹭和季绯的名义互相浇了好几个月的水！

两人一见如故，并且迅速建立起了朋友关系。

就在这时，徐冉冉忽然想起一件事，并且不得不问一句："种花软件里，那个'陈远阳本人'，是你吗？"

陈远阳沉默间想起悲痛的往事，他含泪点头："是我。"

徐冉冉静默两秒："那你喜欢绯绯？还叫她绯宝？"

依照今天季绯和周鹭两个人当中丝毫容不下其他人的气氛，徐冉冉直觉陈远阳要失恋。

闻言，陈远阳毫不犹豫地点点头，然后立马又摇头，跟个傻子似的。憨憨直男自有自己的一套想法，他说："不一样，不是你想的那样。"

他虽然疯狂喜欢季绯，但他对季绯的喜欢更像是迷弟粉上"爱豆"的感觉，对于季绯不会喜欢自己这件事，他的看法是，这不是肯定的吗？粉丝和"爱豆"之间当然是有距离的！所以他虽然号得厉害，但也并没有多伤心。

徐冉冉立马放心了："那就好，我看你跟周鹭比起来胜算也不大。"

陈远阳有点受伤："虽然我也看出来了，但是你就不能说得委婉一点吗？"

徐冉冉诧异道："我还不够委婉？"

本来她想说毫无胜算，后来想了下，觉得有点打击人，才特意换成这句。

陈远阳："……"

陈远阳这会儿脑子忽然灵光了，说："你怎么知道我的花园网名？"

徐冉冉视线飘忽了一下，略心虚道："因为绯绯的自动回复是我设置的。"

陈远阳一颗脆弱少男心，就这么被徐冉冉不经意间伤害了两次。

天色稍微暗一点，李奶奶上楼把周鹭和季绯叫走帮忙整理活动室。

活动室里全被杂七杂八的东西堆满了，锄头、镰刀、各种农作物的种子。

李奶奶待在乡下，研究出了一种特殊的新型水稻，并且已经育苗成功，准备当作晚稻种下后看能不能成活。由于秧苗多，她一个人忙不过来，两校就组织了这么个活动。

等收拾好活动室，李奶奶带着他们俩在自己房子的厨房里开小灶。

熏鱼、腊肉，香味都能飘到民宿里。

乡下的夜晚美得纯粹，暗蓝的天幕，月牙不亮，星星很多。

万顷稻田融入夜色，唯有风吹麦浪发出的沙沙响声。晚间蛙鸣更甚，似乎还能听见水田里鱼儿摆尾的声音。

季绯走在前面，百思不得其解："刚才李奶奶跟你说什么了？"

时间倒退回十分钟前，吃完饭收碗的空当，李奶奶凑近周鹭，笑着说了几句悄悄话，神神秘秘的，想不让人注意都难。

周鹭双手交叠在脑后,悠悠然道:"想知道啊?"

季绯问:"能说吗?不能我就不问了。"

周鹭说:"能,当然能。你走我后面,我跟你说。"

季绯听话地跟他换了个位置。周鹭看着她的影子,却忽然岔开话题:"你怎么不跟那些圈里的名媛一起玩?"

季绯成功被他带偏,下意识地跟着他的思维走:"小时候去过一两次,她们玩的东西我都不喜欢,就不去了。而且我跟她们性格不合,玩不到一起。"

说是玩不到一起,不如说是被歧视多一些。她虽然也是个身价不菲的大小姐,季长庆却是半道发家,那些名媛总是嘲笑她来自乡下,身上带着股廉价的黄土味道。

圈子里什么人都有,大部分都带着种高高在上的优越感,季绯并不喜欢,比起她们拿来炫耀的钢琴和芭蕾舞证书,她更喜欢挥汗如雨的拳击,只要一拳砸过去,就没人敢说话。

她坚持了十年拳击并不是毫无理由,最初促使她进入拳击馆的就是那群对她目露鄙夷的娇娇公主,谁又真的喜欢被拳击手套擦过脸颊。

周鹭想起萧峰,这个已经绝交了很久的朋友。萧峰被家里宠坏了,行事嚣张且越发没个准则,他曾经劝过萧峰很多回,但没有一回是萧峰听进去的。他总感觉,以萧峰这样的性格,之后还会犯错。

说着说着,季绯终于发觉不对:"这不是回民宿的路,你是不是走错了?"

周鹭带着她走出被稻苗包围的田埂，视线当中忽然出现了一座老旧楼房，楼房没人住，通往二楼的楼梯竟然也没有修建在屋内。

周鹭率先走上去说："没有错，跟我来。"

上了二楼，视野就开阔了许多。

农家绵延十里，灯火辉煌，像盛开在夜色里的花。

周鹭变戏法似的从角落里找出一床凉席，在水泥天台展开："李奶奶说她在这里藏了席子，果然是真的。"

周鹭坐在上面，仰视着她："来啊。"

季绯跟着坐上去，褪去暑热的夜晚，地面凉凉的，晚风吹拂，让人感觉浑身舒畅。

"她跟你说这个？"

"当然不是。"周鹭看着她，眼睛里有难言的温柔，"她说，让我带你来看星空。"

季绯一愣，被他的温柔迷了眼，半晌才仰头看。夜空无边无际，星星不规则地点缀其中散发着属于自己的那份亮，星空的尽头，藏着丝线一样的山脉，无言，寂静。

周鹭放松上半身，躺在了凉席上，嗓音有点慵懒的温柔："好看吗？"

季绯眼睛亮亮的："嗯。"

周鹭看着她清瘦却不显病态的背影说："你也好看。"

季绯顿住了，她感觉到自己此刻的心思已经完全不在星空上了，而是系在身后的人身上。心脏怦怦跳,没出息地想往周鹭那边靠。她也躺下去,侧过脸跟周鹭对视。

似乎从没有这样对视过。

两双眼睛里都装着深情。

好在夜色能够遮拦住一部分。

翌日清早,凉风拂面。

六点的水田里,已经有不少人挽着裤脚下去了。

李奶奶手把手教学生们插秧,秧苗之间的间距,以及秧苗插入泥土里的深度,都需要仔细叮嘱,教完之后,她被A大的带队老师搀扶上岸。

为了调动积极性,带队老师把这次的活动当成了一个比赛。两校分别派出五名学生,同一时间内谁先插完三行,谁就获胜。

原本一群女生娇娇弱弱的,谁都不敢下水,含羞带怯地盯着队里的男生,想要靠撒娇偷点工减点料,结果看起来最瘦弱的季绯一挽裤脚就踩了进去。

女生们:"……"

男生们:"……"

周鹭:"……"

是的,季绯永远这么出人意料。

有她带头,谁也不敢再拖拖拉拉。

季绯和周鹭带领各自校方的队伍，开始比赛前的对喊：

"东风吹，战鼓擂，你看 B 大怕过谁！"

"走过南，闯过北，A 大从来没败北！"

两方士气高涨，伴随着一声"开始"，所有人闻声而动，其中尤以季绯和周鹭速度最快。不到五分钟，两人就开始完成第三行的返程。

周围呐喊声一浪高过一浪，比起暴风雨到来前的海面也不逊色。

几位教师陪着李奶奶站在田埂上观看，一时间心潮澎湃，也加入其中，开始呐喊，这一瞬间，仿佛从三四十岁回到了十几岁的年纪。

季绯跟周鹭率先完成，之后就开始互相比较似的疯狂为队伍加油。

最后仅剩下落在最后的徐冉冉和陈远阳。

季绯鼓足了气大喊："冉冉加油！"

周鹭不甘落后："陈鸳鸯冲！"

徐冉冉和陈远阳隔着冒出水面的秧苗遥遥对视，都是一咬牙，昨天才建立起的友情瞬间崩塌，不复存在。

最后，陈远阳以 0.5 秒之差，胜出徐冉冉。

A 大也以 0.5 秒之差，险胜 B 大。

季绯从田里爬上出来，满手满脚的泥泞，整个人脏得不行，准备跟着大部队回民宿时才意识到有哪里不对劲。

周鹭走了没几步，忽然发现地面上一点一点的血迹。他脚步一顿，越过前面的人去看季绯，果然看见她每走一步就留一个红印。

谁也没发觉，有人受伤了。

"季绯！"周鹭快步冲过去，"你是个傻子吗？"

季绯茫然："干吗突然骂我？"

周鹭气道："你脚划破了，你没感觉吗？"

季绯终于知道自己身上那点不对劲在哪儿了，之前满腔的热血都放在比赛上了，现在放松下来才发觉脚底丝丝作痛，估计是被水田里的石子划破的。

"季绯，"周鹭把人打横抱了起来，在周围一片善意的嘘声当中生气地说，"你是猪吗？"

原本还幻想着什么的季绯顿时无言。

这场景，跟这恨铁不成钢的话一点也不搭。

快步走出一段，甩开了身后的人群，周鹭低头看怀里安安分分的女生，说："明明那么疼，为什么要装出一副无所谓的样子？"

季绯嘴硬："也不是很疼。"比起打拳击受的伤已经轻多了。

她平时很能忍，可是不知道怎么，今天就是格外疼，疼得脚趾都蜷缩在一块。

周鹭根本不信："你也只是个小女生，也和她们一样，可以光明正大地撒娇。"

季绯撇了撇嘴，小声说："那样很奇怪。"尤其她一向坚强惯了，是徐冉冉口中的金刚洋娃娃和猛女，做起来就更加奇怪。

周鹭说："不奇怪。如果你怕别人笑话你，那就来找我，以后想撒娇，来我这里。"

季绯感觉心里因为这句话而变得酸酸甜甜的，像蜂蜜百香果茶残留的味道。

她说："嗯。"

身后因为担心朋友飞奔而来的徐冉冉和陈远阳都没刹住车，差点一齐栽进旁边的稻田里，正巧听见周鹭最后那句话，两人全都识相没有再往前。

徐冉冉又一次捂嘴："我去，这对我锁了。"

潮流饭圈男孩陈远阳跟着接道："钥匙被我吞了。"

/Chapter 12/
美女骑手浪漫表白

shuzhongjuandiu
maomangdechulaile

　　研学营的活动持续三天，归校之前，两校学生围在一起吃了顿露天烧烤，烤的正是村里人带着学生们下田捉住的稻花鱼。

　　A大和B大很少能有这样坐下畅谈的机会，一时间气氛火热。

　　这样热闹的场景当中，却缺少了两个人。

　　周鹭和季绯并排坐在旧房子二楼的天台边上，两双腿在空中有一下没一下地晃荡。

　　季绯左脚上缠了绷带，伤口不深，但踩在地上还是疼，一路都是被周鹭扶着、背着过来的，这会儿她耳朵上的红色都还没完全褪去。

　　周鹭坐在旁边，看了很久的稻田，终于问："你考虑好了吗？"

　　带着紧张羞涩的期待。

　　那晚趁着夜色，周鹭表白了。

　　晚风送来的不只有稻苗的清香和夏天的气息，还有无限温柔的那句："季绯，我喜欢你。"

　　没什么花言巧语，却格外真诚。

　　周鹭不是那种会隐藏的性格，他确定了自己喜欢一个人，就不会遮掩。

季绯当时只顾得上心跳了。

周鹭又说:"不是逼你,要是没想好,我可以等。"

男生略微有点慌张:"不喜欢也没关系,我……"

夜色中,晚风里,星光下,季绯轻轻说:"我应该,也喜欢你。"

季绯其实是已经回答过的,可是就在她开口的瞬间,风一刮,稻苗一摆,声音就随着风吹散了,周鹭太过紧张,因此没听见。

再要她说一遍,她就怎么都开不了口了。

勇气这种东西,往往用一次就没了。

季绯还从没经历过这样的时刻,心脏像要跳出胸腔。

她缓过了那一阵劲儿,终于说:"你闭上眼睛。"

周鹭也在紧张,晃动的双腿停了下来。他脑海里仔细回想着跟季绯相处过的点点滴滴,心里明明有种"对方也喜欢自己"的预感,但仍然不敢多加妄想。

这短短几秒像是行走在刀刃上,每一步都充满了煎熬。直到有一抹温热触碰到了脸颊。

周鹭霍然睁眼,看见近在咫尺的女生的脸颊。白净的,在金色的光线里能看见细小柔软的绒毛,看起来手感很好的样子。

季绯刚想离开,一只手就贴到了她的脸颊上,男生另一只手伸到她脑后,压着她最后碰在他的嘴唇上。

浅尝辄止的一个吻。

放开后，两人都红了脸。

恋爱的青涩似乎都藏在里面。

季绯的脚伤养了一个星期才好全，这一个星期，周鹭天天都往B大跑。

明明只是划了个口子的事情，被周鹭这么照顾，硬生生弄出季绯已经半身不遂的气氛来。

空气燥闷，互相坦白过心意的两个人却谁也不觉得。

外卖停送了一周多，终于在季绯彻底恢复后重新提上日程。

不过比起这个，还有件更重要的事情待办。

拳击馆新办了个花式打拳比赛，时间定在周日，原本季绯是不准备去的，但拳馆老板为了把她请过去撑场开出了"年卡免费一年"的条件。

为着确保大四全年的运动量，季绯毫无骨气地答应了，尽管她也不缺那点续费的钱。

活动面向全体会员，比赛规则是这样的：每个人拳套上涂上颜料，通过防守和攻击，保护自己不被对方染上颜料，并将自己的颜料染到对方身上就算胜利，颜料必须染上三处。

当晚，馆里来的人空前地多。

季绯被安排在最后一场，窝在后台跟周鹭打电话："你没去送外卖?"

周鹭那边有点吵,他躲在一边,尽量减少周围杂音,好听清季绯的声音:"没,陈远阳拉着我来跑步了。"

陈远阳放假后也在住校,没别的原因,他爹妈都在外工作,老家一个人也没有,回去也是独守几间空屋,还不如待在宿舍,起码有周鹭做伴,每天打打游戏追追剧,时间也就过去了。

在知道自己和季绯没可能且季绯已经和周鹭在一起了之后,他只悲凉地问了周鹭一句话:"为什么你天天送外卖还找到了女朋友?"

他在"交女朋友"这事上有很浓重的怨念。

对此,周鹭的回答是:"我脸好身材好,性格好有魅力,怎么不能找到女朋友?"

陈远阳听完,摸着脑门说:"有道理……"

虽然说得自恋了一点,但确实都是事实。

健身房内比赛气氛浓郁,在这样的环境下,周鹭锻炼得越发用心。他举着杠铃,看胳膊上隆起的肌肉,现在他的体格就算挨季绯三套肘击加顶膝都绰绰有余了。

周鹭今天心情不错,结果余光一转,发现叫他来运动的陈远阳又在偷懒,脑袋贴在墙壁上像是在探听什么消息,做贼一样,整个人显得十分猥琐。

"陈鸳鸯,你在干什么?"

"嘘,别说话!"陈远阳把食指竖在嘴巴前,专心致志地又听了会儿墙根儿才直起身说,"隔壁好热闹啊,我好像听见他们说比赛什么的。"

就在此时,他们旁边有个教练走过来,听见陈远阳的话,好心地为他解答了一下:"拳击馆友谊赛,请了他们的王牌上场呢,我们这里的好多会员都去看比赛了。"

陈远阳顿了一下:"王牌,是那个美女小姐姐吗?"

教练笑着道:"就是她。"

陈远阳眼睛都亮了一下:"鹭哥,咱们也去看看吧?我老早就想去看看这个拳击美女了!"

周鹭原地拉了拉筋:"不去,我现在是有女朋友的人。"

陈远阳脱口而出:"我没有啊!为了兄弟的幸福,你就跟我去一下吧!"

周鹭想起自己和季绯的感情里,陈远阳也出了一份力,于是道:"就这一次。"

陈远阳差点喜极而泣:"谢谢兄弟!"

季绯被安排在最后一场,现在正坐在最前排观看比赛。

搏击台四面都是人,气氛很热烈,却始终没人敢往第一排上挤。

季绯就坐在其中一个位置上,慢慢往手上缠绷带。她的动作被身后的男生们看在眼里,全都激动得原地跳跃,这也太燃了!

周鹭跟陈远阳在最后一排,还得是借着身高优势才能看清。他们来得迟了，比赛已经到了尾声。这一场结束，穿着白衬衣的裁判便挡在了选手中间，两人下场。

到了最后一场，场内明显更加躁动，各种议论声翻了一倍。

周鹭目光扫了扫周围，发现不少人都从包里翻出了横幅来，横幅很快就在搏击台四面都展开了，十分具有仪式感，就是内容有那么点不符合场面。

什么"姐姐的腿不是腿，是塞纳河畔的春水"。

什么"姐姐的背不是背，是保加利亚的玫瑰"。

这两句在网络上特别火，但更可怕的是他们原创的一句：

"姐姐今天要是累，晚上我就陪你醉！"

周鹭心想，这标语印得还挺有意思。

陈远阳兴奋了："天，这肯定是那个拳击美女的场子！"

在一片欢呼声中，季绯站起来，她戴上手套，面色从容上了搏击台。

陈远阳的呼声突然停止了，他怔怔地说："那个美女，怎么有点眼熟？"

美女穿上短的红背心，露出一截腰，下身一条黑色带白色双杠运动裤，卷发高高扎起，在灯光下耀眼无比。

周鹭呼吸都滞住了，整个人瞬间如遭雷击。电流从头顶劈下，一直流淌到全身各处，使得他手指、脚趾都微微蜷缩起来。他并不近视，从第一眼看见台上那抹金黄色卷发开始，他就感觉心脏狂跳，视线一点点挪到那张熟悉的脸上，这才找回一点真实感。

这时，陈远阳也发现了："绯宝就是隔壁拳馆的美女？"然后发出一声鸡叫。

这世界太玄幻了吧？

周鹭视线紧紧追随着台上的女生，一眼也不敢眨。他看着女生率先发起攻击，出拳，旋身，侧踢，稳稳守住了对方攻势的同时，给予了对手沉重一击，对手胸前留下一点颜料痕迹。

周围叫好声霎时炸开！

她的动作游刃有余，显然学拳击有些年头了，难怪第一次见面时能把他一个强壮的成年男人打得差点站不起来。

周鹭担心她受伤，每次对手的拳风擦过她身体时，一颗心都会紧紧揪在一起，然后看着她更加灵活地躲闪，再落回原处。这个时候，他觉得周围的横幅一点意思也没有了，甚至变得碍眼起来。

季绯的腿，季绯的背，季绯身上每一寸都是他的！

还想跟季绯一起醉？呵，做梦。

就在这时，季绯再次发力挡住对手一击，还手砸过去时落下第二点颜料，周围又是一阵大吼，横幅抖动得如同海上浪花，十分激烈。

谁知季绯侧身的同时，余光忽然扫到了后排的周鹭，她顿时一怔，眼睛微微瞪大，一时不察就被对手钻了空子，一拳砸在她小腹上。

季绯吃痛，整张脸皱了皱，好看的眉蹙起。

周鹭顿时握紧了手，眼眶猝然红了，他不受控制地大喊："季绯！加油！"

周鹭从没为什么事情红过眼眶，这是第一次。他也不清楚，只是那一拳砸在季绯身上时，他感觉到心里生疼，恨不能替她受了。

季绯没时间想别的，只再次躲开对手，在对手冲过来时忽然抵住她的手臂，抬腿顶膝，然后趁着对手吃痛的空当转身一拳，落在她手臂上。

干净利落。

三点颜料。

裁判宣布停止。

周围爆发出怒吼。

季绯很快下台，周鹭没空去听裁判说的话，直接从人群里挤进去，不顾旁边的骂声，直到和季绯两个人面对面站着。

周鹭忽然二话不说，把人抱进了怀里。

周围声响静了一瞬，骂声没了，然后爆发出更加剧烈的喊声。

季绯感觉到周鹭的脸埋在她汗湿的颈窝，声音也半哑："疼吗？"

他没有问为什么她会站在这里，而是关心她疼不疼。

这才是季绯想要的。

不是怒气冲冲地质问，而是从内心里认可和理解。

季绯笑了下，戴着拳击手套的右手拍了拍他的后背："没事的。"

周鹭并不想阻止或者干涉她什么，如果季绯喜欢，他没理由这么做，他只是心疼而已。他喜欢季绯，所以心疼她，仅此而已。

休息室安静，房门似乎隔绝了外界一切声音。

季绯的小腹果然青了一块，不过这也没什么，不太疼。

周鹭蹲在她面前，把红花油倒在手心里，慢慢在她的皮肤上揉开。他忽然想起什么，低着嗓音说："你还记得吗？第一次见面，你给了我一瓶红花油。"

季绯说："嗯。"

"当时我就想，这女生好特别啊，居然随身都带着红花油。"

"你第一次见我，就被我吸引了？"

"差不多吧，谁让你这么与众不同。"

季绯说："那你知道我怎么看你吗？"

"说说看。"

"我对能在毫无防备的状态下接下我两招的人很有好感。"虽然当时的情况下，她没来得及思考什么，只顾着担心了，但她一直以来的想法是不变的。而目前来说，符合这个条件的只有周鹭。

拳击馆的男性会员跟她对战前都会做足准备，分析她的打法，那样不算。

"我现在比当时更能扛。"周鹭忽然笑了，微微仰头，"你要检查一下吗？"

"不要，"季绯很少露出这种类似撒娇的柔软娇气来，"打坏了是我吃亏。"

"你还有什么是我不知道的？"周鹭抵着她的额头，"嗯？"

季绯想了下,笑着说:"应该没了吧。"

就在周鹭去卫生间洗手的同时,季绯手机一响。

【冉冉:你今天比赛?怎么不告诉我?好姐妹的比赛我居然不在?赢了吗?没受伤吧?】

【绯绯心事:这么多问题我先回哪个?临时决定的啦,我猜你肯定在跟男朋友打游戏,就没有跟你说,免得跑一趟,赢了,轻伤。】

【冉冉:你猜对了,上药了吗?】

【绯绯心事:周鹭在。】

对面忽然沉默数秒。

【冉冉:OK……明白了。】

【冉冉:只要有周鹭在,就没有能用上我冉某人的地方。】

也不是啦。

季绯看着屏幕,忽然害臊。

盛夏的夜晚霞光千条,天空云彩染了色料一样绚烂,层层叠叠,翻出漂亮的花纹。

季绯感觉心情也跟云彩一样轻轻重重,明明晚霞最常见不过,却因为身边人的出现,有了不一样的意义。

把人送到宿舍楼下，周鹭依依不舍，非要看着季绯上楼。

季绯刚往楼梯上走了几步，就听身后脚步声追过来，周鹭把她拥住，一个转身将她压在了墙壁上，对准她的嘴唇吻了下去。

明明周围一个人也没有，他们却像是偷欢一样藏在墙角。

任何一点风吹草动，都被无限放大。

周鹭双手捧着她的脸，听人说，这是个代表珍视的动作。

结束后，季绯嘴唇都肿了，活像涂了根颜色晕开了的口红。红晕从脖子到了眼角，再蔓延到耳根，她像只煮熟了的虾，看起来就觉得香得不行。

周鹭就又吻了她一下。

季绯小声说："你是接吻狂魔吗？"

周鹭餍足地笑："遇见你之前，不是。"

大概听见了动静，楼上有女生道："绯绯，是你回来了吗？"

楼里还有十来个女生暑假没回家，她们相处还算不错，因为相隔不远，有时候会一起吃饭。正是因为这样，周鹭才没有那么担心把她一个人放在这空荡荡的宿舍大楼。

季绯心里一惊，下意识就要分开，结果周鹭牢牢地圈住她："躲什么，我们光明正大。"

季绯转念一想，也是，于是在有人探头过来的时候大大方方地跟他挥手："那……送外卖的路上见？"

周鹭含笑点头："嗯，但晚上也要打电话。"

两人都喜欢直接打电话，一时都忘了没有互相加上畅聊号，谁也没觉得不对。

楼道口往下张望的女生大惊小怪地叫起来："你……你是那个……"

周鹭看过去，笑容微微收敛，极为正式地介绍自己："你好，我是周鹭，季绯的男朋友。"

已经到了8月的最后几天，眨眼就要开学了。

暑热还在，没有一点退缩的趋势，筌州这个火炉里，似乎又被人添了一把柴。

学校陆陆续续来了人，宿舍楼又恢复了往常的喧闹。因为没人管着，经常有人半夜对歌，闹得不行。

季绯今天接了个有点特殊的单子，下单人居然是陈远阳，地点是A大男寝，东西是个蛋糕。

陈远阳下完单后见到送餐人的名字，还特意打电话过来，问她知不知道今天是周鹭的生日。

季绯愣住："还真不知道。"

陈远阳那边诡异地沉默了两秒，说："那你现在知道了。要不你先给鹭哥发个信息说你要过来？"

季绯又愣了一会儿："我好像，没他畅聊号。"

陈远阳露出诧异的神情："你们是真在一起还是假在一起？我怀

疑鹭哥在诓我，我又觉得我有机会了。"

季绯汗颜："是真的，没加畅聊也是真的，一会儿去了就加上。"

陈远阳"啧"了一声，怒周鹭不争："那你快来。鹭哥今天正好没出门，在宿舍完成导师布置的暑假作业。"

季绯迅速把小电驴拐进旁边的花店："等着。"

季绯没问过周鹭生日的事，今天误打误撞碰上了，那就不能过得太随便。她在花店里把电驴装饰了一番，然后拉风地上路了，所经之地，众人无不震惊地驻足观看。

季绯让花店的服务员在电驴尾部系了十几只彩色气球，这会儿气球正随风摇摆，吸引着路人的目光。她没敢把车开得太快，怕气球爆炸。开进A大后，她拐进了开得正盛的紫薇花道，一路上简直赚足了眼球，甚至有人掏出手机开始拍照。

季绯最后把小电驴停在一栋楼跟前，她正准备打电话，忽然身边有个男生走过，拍拍她的电驴："喂，知道男寝12栋在哪儿吗？"

季绯一愣，刚想说就在眼前，结果一眼看见萧峰熬得通红的眼和那张胡子拉碴的脸，他脸上的表情绝对算不上好看，甚至充满了戾气，浑身还散发着浓郁的酒味。

季绯直觉这人不是社会主义好青年，看起来像是要打架寻仇，她随手一指："在那边。"

萧峰就醺醺然过去了。

季绯没想太多，在周围越来越多惊奇的视线当中，她忽然也想任性地浪漫一把,于是也不打电话通知了,直接扯开嗓子喊起来:"周鹭!"

周鹭住在四楼,一时没听见,季绯就又喊:"周鹭!周周周周……周鹭!"

男生宿舍的阳台上,因为这喊声忽然站满了人,一个个往下看,看到女生的脸和车,全都嘻嘻哈哈地笑闹起来。还有帮忙喊人的:"周鹭,周男神,周校草,有人找你!"

陈远阳听见声音,连忙跑到阳台去看,只一眼就震惊得张圆了嘴:"鹭鹭……鹭哥……"

周鹭把耳机摘了,冷淡道:"什么事?"

陈远阳想说什么,又闭嘴了:"你自己来看。"

周鹭皱眉,走到阳台上,接着低头,就是那一瞬间,他震惊地僵住了,半晌没反应。

女生一手抱着束大红玫瑰,一手撑着小电驴,彩色气球飘啊飘啊的,跟心脏的起伏一样。女生看见他,眼里露出柔软的笑意,她把左手拢在嘴边,又喊了一声:"周鹭,生日快乐!"

周围响起各种欢呼声,旁边的男生看起来比主角还要激动。

周鹭又怔了好几秒,然后反应过来似的迅速从阳台回到卧室,飓风一样打开门冲下楼,连拖鞋都忘了换。他几步跑下来,鞋子都差点掉了,却大气也没喘。等站在女生面前,他的第一句话却好像没有经过脑子:"我现在一点也不弱,能跑很多个四楼。"

竟然还记着以前说他跑二楼都喘气不匀的事儿呢。

"嗯。"季绯嘻嘻笑着,把玫瑰递给他,阳光底下,玫瑰有着晶莹柔软的色泽,女生仰起头,"周鹭先生,您的爱情已送达,请签收,别忘了给好评。"

周鹭猛地抱住她,在男生们发出的一片暴吼声当中,侧过头亲了季绯的脸颊。

周鹭紧紧抱着她,哑声说:"你好甜啊,你怎么这么甜?"

以前的季绯,喂给他一颗草莓,都要捏爆吓他。
又皮又坏。
现在的季绯,却抱着一束红玫瑰,站在他面前。
又甜又软。

谁说季绯是金刚洋娃娃的?她是洋娃娃,但不是金刚,她也是小女生,不过是更坚强些,爱好特别些的小女生,和所有女生一样有自己撒娇的方法和表示浪漫的行为。

季绯下巴搁在周鹭肩膀上,甜蜜蜜地说:"本来想给你送紫玫瑰的,独特一些。"

"那怎么变了?"

"因为忽然想起上次龙舟赛的时候,我觉得你那时的眼神像是想要红玫瑰。"

所以,她手里最后一枝没有扔出去,但可惜的是,被她揉坏了也没能送出去。

周鹭低头,说:"那会儿想要玫瑰,现在我想要扔玫瑰的人。"

当天,这一场面被人顶上了热搜,图文并茂,歌颂绝美爱情。
图一是季绯开着气球车穿行在紫薇花道,美成了一幅画。
图二是季绯抱着玫瑰,左手拢起在喊人。
图三是周鹭傻傻地站在阳台上。
图四是有人在楼道遇见周鹭,对方跑得快成了残影。
图五是两人死死抱在一起。
图六是周鹭亲了季绯一下。
整个连起来,就是一部浪漫爱情小短剧。

一开始,有人酸道:
【这年头,送外卖的小姐姐都这么好看了吗?】
【这也太会了吧!别人家的女朋友系列!】
【男生也好好看啊!】
【如何才能让女朋友在不经意间看到这个视频……】

后来有人吐槽:
【送外卖的能有什么出息,等着吧,两个人以后没有共同话题的。】

【+1,男生可是 A 大学生哎。A 大可是在全国都能排上名的学校,女方不过是个外卖小妹而已,明显高攀了啊。】

之后有人瞬间打脸:

【承认别人优秀有这么难吗?或许你们不知道,"不过是个外卖小妹"的美女是 B 大学霸校花啊!】

【我 B 大女神也是你这张臭嘴能侮辱的?】

最后有人发现:

【他们俩好像上次被交警叔叔罚站的那一对儿啊?】

【就是他们啊!听说两人还分别是饭团和巨饿的继承人,门当户对,我酸了。】

终于,众人总结出重点:

【绝美爱情!】

萧峰绕了半天,也没能找到 12 栋,最后又逮了个人问,才知道 12 栋就是之前自己问路的地方。妈的,被骗了。他心情本就不好,现在更是怒火中烧,发誓要是再碰见那个女人,非得撕了她不可。

萧峰在 12 栋门口随便抓了一个人,一问周鹭,对方立刻就说在四楼 402。

他这才知道，周鹭在 A 大十分知名。出色的成绩，出色的外貌，以及现在神仙般的恋情，都让周鹭成了学生们茶余饭后的谈资。

在自己这么落魄的时候，周鹭却过得风生水起，并且毕业后就会进入自家公司，真正坐上属于继承人的位置。

越想越觉得讽刺，凭什么他们萧家的家业不交给他？他是萧家最大的儿子，也是理所当然的下一任继承人，可最后，他爸把他那个二十岁都不到的弟弟带进了公司。限制了他的自由不说，还断了他的经济来源。

这几个月，他过得不可谓不惨，全靠借钱生活。可惜过了一段时间，他那些朋友全都商量好了似的不肯再借，并且让他还上之前欠的钱。他早已经是个空架子了，哪里还得起？

越来越紧迫的形势之下，萧峰想起曾经自己也借了钱给手下的混子跟班魏明，虽说当时大手一挥钱就出去了，但转账记录还明明白白地存在着。

于是萧峰做起了以前最不屑的事情：讨债。

可惜魏明有心没胆，一直没能从他老爸手里拿到钱。

萧峰是实在没办法了，才来找周鹭的。虽说已经绝交，但起码曾经是兄弟，周鹭不至于见死不救。但他错了，周鹭的确对他说的话毫无动容："我早劝过你，你不听，就别怪自己会落到这个地步。"

果然，周鹭之前的话应验了。

萧峰觍着脸，看不出喜怒，但姿态还算放得低："鹭哥，别啊，咱们好歹是初高中同学,你就把钱借我,我过段时间还你。"

他站在门口,视线扫向宿舍内部,居然看见一捧玫瑰花。

有点眼熟,好像在哪里见过。

想了半天,他想起来了,是在那个送外卖的女人车上。

萧峰气得牙根痒痒。

"我告诉你一个简单的解决方法,"周鹭说,"你现在就打电话给萧伯父,好言好语认个错,然后接受他的安排,进入军营。"

这样的萧峰,目前也只有当兵才能磨炼出正常人的意志了,可见萧伯父还是很有远见的。

萧峰立刻拒绝:"我才不去!我听说在那里每天只能睡几个小时,天不亮就要训练,还得上山下水出任务……"

周鹭就猜到是这么个结果:"那就没有办法了,你自己慢慢解决吧。"

他要是萧伯父,早已经派人把萧峰抓回去了,免得在外惹是生非。

萧峰冷下脸:"你真的不肯帮帮我吗?"

周鹭面无表情:"帮你就是害你。"

说得好听。萧峰冷笑,其实都是借口而已。他算是看透了这个曾经的兄弟,果然一如既往地虚伪。他不甘心,撂下一句话:"你别后悔。"

说来也巧,萧峰一向不喜欢刷什么微博,从宿舍楼出来后,鬼使神差般点开了,就看见热搜上挂着的一条:

【# 美女骑手浪漫表白男朋友:您的爱情已送达 #】

/Chapter 13/
对方和您已成为好友

shishenjiandi
maimangdechuliande

空闲了将近两个月的 B 大重新热闹起来，徐冉冉也推着行李回到了宿舍。因为天天顶着太阳往网吧里跑，她皮肤黑了不少，一眼看过去，只剩一口洁白的牙齿晃眼。

"你干吗不在家里打游戏？"季绯莫名道，"网吧气氛好？"

徐冉冉以前最爱惜皮肤，窝在宿舍看剧时十有八九都敷着面膜。

"网吧有他啊！"徐冉冉理所当然道，"难道你不想时刻待在周鹭身边吗？"

季绯仔细思索了一下，竟然认真道："想待在他身边，但不是时刻。"她没那么黏人。

正帮忙整理衣柜时，楼下忽然有女生喊道："季绯！季同学！"

季绯走到走廊应一声："怎么了？"

女生道："有个男生找你，说是叫周鹭，现在在校外公园等着呢。"

徐冉冉适时冒出头："不会是有什么惊喜要给你吧？我可看到你那天忽然送礼物的热搜了，好浪漫啊，我还评论了呢！"

季绯觉得那时候的自己很胆大也很高调。怎么说呢，大概是活到现在唯一的一次放肆。现在想起来居然还有点不好意思，尤其是知道热搜居然从早上挂到了晚上的时候。但是开弓没有回头箭，做了就做了，现在害羞没用。而且，她看到周鹭的那一刻，所有的害羞都没了，满脑子只有一个想法，那就是：他值得！

感情是相互的，周鹭带她看过星空，她就送他一场浪漫，没什么不好的。

季绯露出笑容，她迅速换鞋，在门口的高跟鞋和平底鞋之间犹豫数秒，最后还是选择了漂亮的高跟鞋。

"那我去了。"

徐冉冉手握成拳头屈肘在胸前比了一下，为她打气："去吧！约会加油！"

季绯点点头，轻快地下楼去附近的公园。

公园里没什么人，因为是中午，大多数人都在吃饭，这里静得出奇，莫名透出一股让人心慌的感觉。

高跟鞋在砖面上发出嗒嗒的响声，季绯露在一字带外面的脚趾都骨感而漂亮，趾甲圆润有光泽，一双小腿莹白柔嫩，藏在长裙摆动的裙摆下，这是萧峰默默看着女生越走越近时观察到的。

季绯奇怪地喊："周鹭？"

声音也好听。萧峰心想，周鹭还挺会挑。

眼前的女生无论脸颊还是身材，都是无可挑剔的好。

在季绯又一次转身张望时，萧峰忽然从一排密密匝匝半人高的花丛后跃出，直接勒住了她的脖子。

脖子是很脆弱的地方，每次打拳时大家都心照不宣地放弃攻击这些地方，因为拳击是解压的方式，没有人真正想要把人打到爬不起来。

　　季绯吃了一惊，瞬间抓住那条手臂反手一拧，然后一个后踢将人甩开，退离两步问："什么人？"

　　看清那人后，季绯眉心皱得更紧，几乎到了可以夹死蚊子的地步："是你。"

　　没想到上次随手指了条错路后，居然还能碰见。

　　她的感觉果然没错，这不是什么好人。

　　萧峰根本没想到这女生爆发起来这么厉害，他本来是想给她个教训，顺便用她威胁一下周鹭，没想到自己反而被踹了一脚。不过对方穿着高跟鞋和裙子，是最大的弱点，高跟鞋踹完后疼了一会儿，他抹了把嘴角，勾起一抹笑说："够辣。"

　　周鹭今天有点心神不宁，具体表现在他打不通季绯电话这件事上。往常季绯就算再忙，抽空也会接电话。

　　大概心里有了惦记的人，再和平的世界也会从中觉出危险来。

　　他这会儿就在 B 大校园里，准备约季绯一起去步行街吃饭。

　　没走几步，碰上从宿舍出来准备去食堂的徐冉冉。

　　"男神？"

　　周鹭冲她笑了下："绯绯没和你一起吗？"

　　徐冉冉满眼含着好奇："不是你约了绯绯去花园吗？"

周鹭皱眉："没有。"

细思极恐，徐冉冉说："怎么回事？有个女生说，你让她给绯绯带话。"

周鹭说："什么时候的事？"

徐冉冉说："十分钟前。"

周鹭脚下生风，已经快步往外跑了。

旁边的花园他知道，两校距离近，他晚间偶尔会去散散步。

到底是谁冒用了他的名字去约见季绯？他一向清明的脑子里竟然糨糊一片，根本找不到能够对应的人。

"等等我！"徐冉冉也快步跟上去。

周鹭一路都在给自己做心理建设，但还是着急忙慌，额角、后背、手心，全是细密的冷汗。这感觉只在上次旁观季绯打拳时出现过。

他迅速赶到花园，只一眼就看见一排排花丛中间，季绯光着脚在跟人打架。她柔韧性好，旋身后踢时下盘稳当，出腿力度很强。虽然她的双腿并不像职业赛场上运动员的那样肌肉鼓起，却也是肌肉强健的，只是身高摆在这里，让她看起来纤瘦而已。

萧峰经常混迹酒肉场所，缺乏锻炼，身体虚弱四肢无力，仅靠男人的本能在躲避，躲过的少挨打的多，这会儿身上全是伤。他被季绯那看起来瘦弱无力的假象欺骗了，谁知道对方居然能在他进攻之后找出机会特意脱掉高跟鞋！

"萧峰！"周鹭一声暴吼，三步并作两步冲过去，"你找死！"

周鹭从来是对外冷酷淡漠，对内温和阳光的形象，这是他第一次发怒，眼睛里蓄着血丝，声音像是咬着牙一个字一个字发出来的，裹挟着寒意。

别说萧峰，时常跟他相处的季绯都吓了一跳。

季绯一顿，萧峰就找到了机会，迅速爬起来跳过花丛就跑。

周鹭要去追，季绯连忙拉住他说："这边有大片安置小区，小路多，跑进去就找不着了，算了。"

周鹭死死盯着萧峰消失的方向，恨声道："不能算。"

周鹭说不能算，就是真的不能算。

他这次是真的动了气，之前一直觉得萧峰不走就是个祸害，竟一语成谶。只是没想到，萧峰胆子这么大，敢在光天化日之下对季绯动手。

在萧峰离开后，他就分别给萧伯父和自家打了电话，要找到萧峰出来道歉，之后季绯想要怎么做，他都由着她。只不过已经两天过去，对方一直没有消息而已。

周彦深让人联系过对方，但萧峰换了电话卡，现在不知道藏在了哪里，两家人竟都找不到他。

而此时，A大和B大也迎来了开学庆典。

种花浇水的活动在9月截止，官方核查时，确定了两校形象大使，分别是周鹭和季绯，并且发出声明。超话里的路费CP粉丝们总算没有白费这一番苦心，将两人的距离拉得更近了一些。

原本这些人知道季绯和周鹭互不相识，疯狂浇水准备众筹让他们见上一面，将自己嗑的假糖照兑现，结果没想到在活动开始前，这两人戏剧性地相识并相恋了，于是嗑CP的路费大军越来越多，超话也越来越热闹。可以说，这些人是看着季绯和周鹭走到一起的。

下乡援助的活动主办方在行动前邀请两校校长和形象代表吃了顿饭。

这顿饭并没有什么趣味，只是拉近了彼此之间的关系而已。

季绯和周鹭全程坐在己方校长身边，两人隔着银河般的距离，只能借着敬酒的空当悄悄对视，眼神暧昧，有种隐秘其中的甜。

酒足饭饱，主办方说："明天清早就要出发，考虑到学校内部道路复杂，我们这边派来的司机可能认不清路，所以只能请两位代表到校外等待，也可以节约大家的时间。"

A大校长笑着说："这是应该的。这次下乡，也是两个小辈历练的机会，小鹭和小绯要互相照顾，注意安全。"

B大校长说："要不大家拉个群，有什么事情就在群里说一声，到了之后报个平安，我们也好知道大家的情况。"

主办方略一思忖，点头道："这办法好！"

也正是这时候，季绯才想起上回周鹭生日，原本要加畅聊号的，结果又忘了。

两人一向打电话频繁，竟然谁也没察觉到没有畅聊好友的不方便。

而周鹭的想法跟她基本一致，直到别人提出来，才发现他们已经是亲密的男女朋友关系，竟然彼此连畅聊号都没有。

这是作为男朋友的巨大失职行为。

周鹭作为小辈，主动领了这个任务，从左到右，一个一个地加上畅聊号，准备一会儿拉个群。他终于到了最右侧的季绯跟前，那条阻碍着两个人亲近的银河消失了，彼此的气息终于可以交缠，他们互相闻到了对方身上的浅淡酒气。

这里没有人知道他们的关系，于是周鹭笑着眨了下眼，漂亮的单眼皮下藏着深情的目光，他说："季同学，麻烦让我扫一下。"

这是种藏在许多双眼睛之下的调情，是众目睽睽之下的隐蔽。

两个明明确定关系很久的人互相装作不认识，季绯面上镇定，耳朵却悄然变红，轻咳了一下说："麻烦周同学了。"

她调出二维码，周鹭一眼看过去只觉得二维中央的那个头像格外眼熟。一条小棕毛狗，狗狗脑袋周围还围满了粉色爱心。

周鹭越想越觉得在哪儿见过，这时，手机嘀的一声，显示扫描结果出来了。

那页面自动跳转至好友列表里"绯绯心事"的对话框，里面冒出一行小字：

【对方和您已成为好友，请不要重复添加。】

这一刻，两人奇异地同时沉默了。

不过，在经历过"B大女神是季绯""巨饿大小姐是季绯""拳击王牌是季绯"等等巧合之后，周鹭接受现实的能力显然比以前提高了不少。他先是震惊了几秒钟，露出被大风吹过的空白表情，然后立马收敛情绪，迅速将这些人拉进群聊。

群聊霎时叮叮咚咚地热闹起来。

季绯盯着自己和"一行白鹭"的对话框，一时除了惊奇错愕外，竟不知道该做出什么其他的表示。

绯绯心事，季绯。

一行白鹭，周鹭。

其实两人各自在用户名里放了名字里一个字，但大半年过去，尽管两人同为骑手，他们却从来没怀疑过对方什么。

尤其是，季绯发现一件很重要的事——

她看着以前的聊天记录，自己一口一个"好兄弟"，为对方排忧解难，结果她这个"好兄弟"压根儿就不是巨饿平台的人！这算什么？内鬼！敌方派来的卧底啊！自己每次跟他聊天都这么真情实意，他的良心难道不会痛吗？

季绯脸上几次变色，忽然又想起什么，难怪上次她说"饭团是奸诈小人"这句话后对方一直没有回复。往常跟他聊天都很愉快的，两人会沟通沟通当骑手的心得，互相吐槽遇到的奇葩事，只有那一次，对方一直没有理会她，因为她骂的是周鹭本人，周鹭不开心了。

不过即使这样，周鹭也没有跟她翻脸，季绯如今想起来只觉得庆幸，当时没有骂得太过，否则要是互相删除了再加回来，那不是更尴尬？

怀着迥异的心情，这顿饭也接近尾声。

三方告别时，周鹭和季绯对视了一眼。

周鹭伸手在耳边做了个"打电话"的手势，然后跟着A大校长走了。

第二天清早，周鹭和季绯在约定好的早餐街等候。

那个卖玉米的店老板还记得他们，见他们走近，下意识地揭开蒸笼看了一眼，又看见一根孤零零的玉米躺在纱布上。他顿了会儿，然后立马盖上，谨慎地说："这次没有玉米了。"

季绯说："我看见了。"

周鹭笑起来，露出两排牙齿，满脸满眼都是宠溺的笑容："老板，给她就好，我这次不抢。"

老板狐疑地看过来，好半天才伸手去拿。

这次下乡，主办方准备的东西很多，轿车之后，满载的货车来了一辆又一辆。

昨晚两人在电话里互相再次仔细地确认过，保证没有什么是对方不知道的了，才挂电话。想想也觉得好笑，因为之前的好几次掉马，他们总觉得对方还有无数个秘密没被挖掘出来。

如果说，忆苦思甜活动所到的地方是城乡接合部，那么这一次，他们则是进入了真正的深山乡村。

四周幽静，虫鸣鸟叫，流水潺潺。

这里像是被世界遗忘，没有城市里纷杂缭乱的一切。

村里唯一的小学里，老师和学生早已经等在校门口准备迎接了。

车子开进操场，竟占据了操场的大半空间。

他们只在这里停留一下午，毕竟这里没有多余的地方给他们休息，季绯受到邀请，给这群孩子上一节趣味课程。她来时没有准备，想了一上午，才想到要讲的内容。

吃过饭后，大大小小的孩子把她围在中央，大家坐在操场旁边那棵生长了百年的老树底下，听她讲"新型水稻的培育"。

这堂课正是上次忆苦思甜研学营活动的所见所闻所感。

周鹭跟着大孩子们坐在最后排，眼底点点笑意扩散，听女生清丽的嗓音在9月的艳阳里说道："新型水稻具有很强的适应性……"

等到她讲完，所有孩子都沉浸其中无法自拔畅想起来，唯独周鹭眉目舒朗，忽然鼓起掌来："季老师讲得真好！"

季绯被这不经掩饰的夸奖弄得有点儿脸红，微微挪开视线。

季绯愿意参加学校组织的各种各样的活动从来不是因为她想出头，什么都要插一脚，也不是因为她天生喜欢忙碌，乐意干活儿，而是她想通过这些见闻丰富自身，学习更多。

她和很多人不同。

但没人能否认她的优秀。

出身好并不代表她会过得敷衍，她反而因此更加勤奋努力，为了有一天能踏踏实实进入公司，做个对公司有用的继承人。

某些方面，季绯和周鹭极其相似。

这大概也是，他们会被对方吸引的重要原因。

榕树下，暖风吹过，大家原地解散，开始去领文具。

周鹭带着孩子们往货车方向走，看起来像母鸡带着群小鸡，场面温馨又搞笑。

坐在季绯身边的男孩没有动，他忽然拉了拉季绯的衣角："季绯姐姐，我想跟你说个秘密。"

"是什么？"季绯好奇地侧过耳朵。

男孩儿小声耳语："上午周鹭哥哥买走了奶奶给我做的纸杯蛋糕……"

等回到队伍里，季绯眼角都带着笑意，春风得意。

操场上排起了长队，周鹭站在最前方，将文具和校服分发下去，人手一份。

司机带着主办方的其他人，开始卸下货车上的西蓝花。

这些孩子很懂事，年纪大些的一直在帮忙。

隔着人群，季绯和周鹭对视，她忽然笑了下。

明明单眼皮会使人看起来冷心薄情，周鹭却是个另类，在他眼里，季绯只看到温柔的深情，爱意似乎无处可藏，直白地袒露着。

季绯就这样看得出了神。

阳光笼罩着她，光线轻抚过她的眉眼、鼻尖，最后停顿在淡粉色的唇瓣上。周鹭脑海里只有一个念头，想亲。于是他就这么做了，在分发完最后一份物资时,他拉着季绯进了一间没有人的教室。

桌椅整齐,他们在阳光照射不到的角落里接吻。

隐秘的心跳在寂静的空间里异常明显,咚咚,咚咚。

山村里,时间似乎都过得慢一些。

等到周围脚步声渐近,周鹭终于放开她,变戏法一样从口袋里摸出个纸杯蛋糕,哑声说:"给。"

纸杯蛋糕样子很漂亮,纸杯上还盖着盖子,揭开就能闻到奶油的香味。

不是她常吃的柔软的动物奶油,有股甜到发腻的味道。

但她还是给面子地吃了一口。

周鹭视线紧紧盯着她,她有点好笑,然后故意拿勺子在里面翻了翻:"哎呀,周同学要送我的东西在哪儿呢?"

周鹭:"?"

他的表情空白了一秒,季绯终于忍不住大笑起来。然后在这笑声里,她终于找到了被油纸包裹着的东西。

周鹭看起来更蒙。

季绯得意地笑着,眼睛弯成了月牙:"在这儿!"

"小兔崽子。"周鹭憋着气,咬咬牙。

季绯打开油纸,看到了一条闪着银光的项链,吊坠上是一颗红色小草莓。

很久以前,周鹭就觉得季绯的锁骨特别漂亮。

他从那时候就计划着,该以什么理由,送她一条项链。

现在终于实现了。

季绯软着嗓音,又露出了以前没有过的神情。

眼睛亮亮的,盛着欣喜,宝石般晶莹。

她说:"谢谢,我很喜欢呀。"

/Chapter 14/
女孩子也可以保护自己

季绯一直光洁漂亮的脖子上忽然多出了一条短短的锁骨项链,最先发现的就是同宿舍的徐冉冉。

徐冉冉仔细瞅了半天,露出艳羡的目光:"Gucci 的小草莓吊坠,我爱了!"

季绯一开始觉得自己并不合适这样可爱的小草莓,后来周鹭说他选择小草莓就是因为那一次她捏爆了一颗,这颗捏不爆,也吓不到他。

好吧,送礼角度清奇。

徐冉冉的羡慕也就一刹那,过了就平静了。

季绯见她难得没跟男朋友一起打游戏,忍不住问了一句:"倪程宇呢?"

徐冉冉长叹一口气,有苦难言:"他最近被一个直播平台邀请去线下打比赛,这短时间一直在跟他的兄弟们熬夜练技术呢,我已经半个月没有他的消息了。"

其实男女宿舍隔得并不远,但她怕过去了影响倪程宇练习,所以忍住了。

她可真是二十四孝贴心好女友。

好在这天有另外的事情吸引住了她的目光,否则她真要幽怨成林黛玉了。

徐冉冉刷着微博，忽然说："绯绯，你快看这个！"

她刷到了一家驰名中外的汽车制造商，商家放出了两款新型汽车的模型，一款黑红，一款黑蓝，造型和颜色炫酷无比。

车是好车。

配置不错。

色彩搭配合理。

然而，这两辆车底下的评论却画风奇特：

【这不是饭团和巨饿吗？】

【我刚想说，这车也太合适饭团和巨饿了吧？】

【大概是最近被饭团和巨饿两个骑手的绝美爱情冲昏了头脑，我现在看车都透着一股 CP 感……】

【红蓝出 CP，如果找巨饿和饭团的那两个颜值超高的骑手代言，那可真是妙蛙种子吃着妙脆角进了米奇妙妙屋，妙到家了！当然这只是我做的白日梦。】

【这个梦我觉得可以。】

【我也可……】

制造商于是听取了粉丝的意见，拟了合同差人带去了两家外卖公司。

季长庆和周彦深收到合同后琢磨半天，都是满脸讶异，没想到旗下的骑手居然能被邀请去代言汽车，正想知道是谁这么有脸面有名气时，上网一搜，发现那个被推烂了的视频主角，竟然是自家的儿子/女儿和对家的女儿/儿子！

所以说，他们到底是什么时候在一起的？

难道就在致歉酒会那天？

百思不得其解的两位老父亲当晚就把各家儿女召回了家。

面对父母的盘问，两人都格外老实，把对方和自己一样潜在底层做骑手的事情说了一遍，也没略过两人在驾校时的不打不相识。

他们就像同一个世界的另一个自己，所做的事情竟然是一样的。

季长庆对周鹭的印象不错，少年人能吃苦，也踏实，处理事情毫不露怯，他是满意的。

"有空带回来吃顿饭吧。"

白玉却关心另一件事："这个周鹭长得怎么样？"

季长庆说："放心吧，不比年轻时候的我差。"

白玉优雅地翻了个白眼，这个动作简直和季绯做起来一模一样。她问："绯绯，有小鹭的照片吗？"

还……真没有。

在这一点上，周鹭就显得有先见得多。

崔絮柔道："有绯绯的照片吗，也让我看看。"

周鹭相册里竟然有一堆，明里上拍的，暗地里拍的，最宝贝的还是那张不认识对方时，随手拍的侧脸。当时若是听陈远阳的过去看看，或许又会是不一样的故事,但现在的他也已经很满足了。

崔絮柔十分满意,夸赞道:"真漂亮。"

如果巨饿和饭团两大巨头能够团结在一起,是友非敌,那么整个外卖界会变成什么样子?

没人知道,但很多人好奇。

摄影棚内,季绯和周鹭久违地换上了春秋季工服。

连体服将人衬得腿长腰细,帅气十足。

季绯站在红车旁边,根据摄影师的要求转动方位,寻求最好的角度。

这款车定价中等,配置偏高,是普通人也能买得起的范围,原本制造商准备请个三流小明星代言,后来看到评论,发觉季绯和周鹭的长相完全不比看中的三流小明星差,但因为是半个素人,代言费便宜不少,何况两人还是自带粉丝团的外卖集团的继承人,有这层特殊的身份在,制造商便立马将方案敲定了。

等到拍完照,季绯也被工服闷出一身汗。

9月的天气还很炎热,筌州的火炉之称不是浪得虚名。

周鹭在隔壁,两边拍摄几乎同时结束。

因为要上镜无瑕疵,周鹭也被化妆师化了点淡妆,本就好看的那张脸更加出彩一些,几乎要比过电视里刚出道的男团成员。但周鹭顶着底妆和颜色很淡的口红,有点难受:"我得先去卸妆。"

季绯拉着他:"我帮你。"

卫生间的洗手池上方镶嵌了一面大镜子，清楚地照出了他们现在的模样。

季绯从自己带的包里摸出卸妆湿巾，示意他低下脑袋。她把湿巾盖在周鹭的唇部，轻柔擦拭，比起化妆师动作温柔多了。

周鹭低垂着眼睛，盯着眼前的女生，忽然说："有女朋友真好。"一派满足的样子。他再也不觉得陈远阳念叨的话烦人了。

季绯没说话，拿着湿巾细细擦干净了他的妆，让他去洗脸。

周鹭站在原地没动。

季绯奇怪："去啊？"

周鹭微微弯腰，亲在了她的嘴唇上。

一如既往地甜。

摄影师连夜修图，终于最后选定两张，放在了汽车品牌的官博。

一石激起千层浪，群众的评论都是：

【哇，梦想照进现实？】

然而，这并不是重点。

当晚，巨饿和饭团官方微博各自发出自家继承人的照片，并配文：

【骑手们好好工作，业绩优异的前五名，年终奖已经准备好了。】

网友们议论纷纷：

【年终奖，一辆车？】

【请问爸爸们，平台还缺骑手吗？我先报个名。】

【爸爸不愧是爸爸。】

【只有我发现，两个平台发出消息的时间和内容都是一模一样的吗？】

【看来季绯小姐姐和周鹭小哥哥是见过家长了？】

【有生之年我竟然能看到巨饿和饭团联姻？】

【梦幻婚姻！】

【真·门当户对。】

忙完大大小小的琐事，时间已进入10月，火炉之城的温度终于慢慢下降。

季绯又回到了每天送外卖的模式。大四清闲，已经可以申请实习，她便每天在筌州各处奔忙，为获得好评拼尽全力。

李奶奶也从乡下回来了，中断的午餐也开始重新配送。她研究的那批新品种水稻收割完毕，稻谷颗颗饱满，破壳后粒粒莹润，吃到嘴里满口留香，获得了巨大成功，因此每天都乐呵呵的。

这天，周鹭先到院子里，停下电驴就接到周彦深的电话："萧峰可能藏在碧海小区那边的老房子里，这一个月毫无踪迹是因为他用了别人的身份生活且一直没有出门，他一直跟以前一个朋友住在一起……"

饭团毕竟是专门做外卖行业的，对于查人并不是特别擅长，耗时久也正常。不过，周彦深忍不住问："你为什么要查他？"

周鹭拧起两道眉："他欺负季绯，我看他不爽。"

看他不爽。周鹭很少会用这么情绪化的词，但这也足以证明季绯在他心里的分量，是让他二十一年破例说出这话的重量。

周彦深沉吟片刻："我明白了，我现在让人过去把他揪出来。"

周鹭又说："我也去。等教训完了，你再告诉萧伯父。"

这段时间，周家在找人，萧家也在找人，周彦深明白他是怕萧家的人维护着不让他们动，于是点头："我知道。"

周彦深心想，极其护短，是他年轻时候的作风。

周鹭放下外卖，跟李奶奶打了声招呼就重新发动小电驴，一路疾驰。

碧海小区里果然全都是墙面老旧的低矮房屋，年纪已经很大了，住的也都是老头儿老太太和一些没太多钱租房的上班族。

周鹭不知道萧峰竟然还有住在这里的朋友，以萧峰的性格，断然不会结交这样的朋友。他按照地址找过去，找到第七栋。正准备等父亲派的人过来，余光里忽然瞥见一辆熟悉的小电驴。和他的那辆品牌、型号相同，只是颜色不一样，车头上还贴了张棕毛狗的贴纸。

周鹭脑子轰一声。

这是季绯的车！

五分钟前，季绯被新订单的导航带到了这片小区。

小区陈旧破败，人也不多，透着股颓丧的气息。

她的订单收货人是魏某，住在第七栋三楼302。她找过去，敲开门，结果还没来得及挂起招牌笑容，就被一道大力给拉了进去。

毫无防备。

魏明的力气比萧峰大，他一身横肉，死死拽着季绯，就连被踢一脚都只有片刻的愣神，然后再次过来抓人。

季绯把外卖扣在他脸上，身边看到什么就丢什么，一时间窄小的房子满室狼藉，叮叮哐哐的声响不绝于耳。

萧峰把门堵死，说："得来全不费工夫，我们又见面了。"

上次被季绯揍了一通，他原本是不打算再做什么了，但是没想到，今天随手点的外卖，配送的居然会是她。打开门的瞬间，他就吃了一惊。如今人都送上门了，他就贼胆膨胀，联合魏明想要把她控制住。

魏明的父亲魏福被饭团辞退，从公司经理变成了一个普通职员，每月拿着两三千块的收入，再也回不到以前的生活，魏明很容易就被挑起了情绪，想要从季绯身上拿点钱。

谁知道季绯这么猛。

她一拳直冲他面门，打得他鼻血直流！

"开门！"季绯吼了一声。

她喘息着，右胳膊勒着魏明的脖子，力道大得像是下一秒就能把他的脖子扭断。她咬着牙说："今天我要是出不去，我非得把你们也弄得半残不死！来啊，谁怕谁！"

这个时候，季绯无比庆幸自己当初选择走上了拳击这条路。

她记得小时候妈妈白玉说："女孩子温柔优雅一点好，学钢琴，学跳舞，学画画，养成气质，以后有人保护有人疼。"

可她不这么觉得，她想学拳击，在那个保护她、疼她的人出现之前，她可以自己保护自己，可以自己疼自己。

就在这时，302的房门被什么东西重重一击，原本就掉了漆的绿铁门，漆片扑簌簌往下落。

季绯皱了皱眉，还没说话，就又听见一声巨响。

再这么敲下去，这门不开也要被砸烂了。

萧峰警惕地看向魏明："谁？"

魏明被扼住了要害，颤颤巍巍道："我不知道啊！"

周鹭在外面暴吼，他大概用了自己最大的声音："萧峰！我告诉你，季绯要是有什么三长两短，我一定亲手送你下地狱！"

"周鹭，我没事！"季绯高声回应，她胳膊又紧了两分，"开门！"

萧峰没办法了，自己打不赢季绯，门外还有周鹭，他正想跳窗跑出去，结果一开窗户发现楼下围了十几个人。

萧峰眼里透出惶恐，似乎才明白自己这次是真的玩大了。

季绯不能放开魏明去开门，要是放开了，她就没有牵制萧峰的东西，要是谁去厨房拿了刀，那就真的要见血了。她只能死死控制着魏明，说："萧峰，不想牢底坐穿就开门！"

幸亏萧峰是开门时才知道配送的是她，要是下单就注意到，肯定想好了各种办法，那时候她是逃也没法逃，自保也没法自保了。

魏明已经怕得抖成了筛子，他根本没想到事情会变成这样，忙道："开门！峰哥，快开门！"

萧峰内心激烈斗争着，还没思考出个对策，大门就哐当一声，震得人耳朵生疼。大门竟然就这么被砸得凹陷、扭曲、破损。

"哐当！"

门开了。

周鹭红着眼眶，手里拿着借来的大锤子，双手已经因为使劲变得通红。

他先看了季绯一眼，确定她没事后丢开锤子，冲上去对着萧峰的脸就是一拳。

他并没打够，把人压在身下，拳头雨点一样落在萧峰身上。

直到他指骨上渗出了血迹，季绯才说："周鹭，别打了。"

不少人冲了进来，钳制住了魏明和萧峰，任由周鹭泄愤似的一拳接一拳。

没人能劝得住周鹭。

向来温和的周鹭像是发了狂。

"少爷……"身边的男人看着已经陷入昏迷的萧峰，忍不住开口，"不能再打了，他……"

"闭嘴！"周鹭说着，蓄力一拳砸下去。

"周鹭。"季绯走到他身边蹲下，摸了摸他汗湿的后背，"周鹭，看着我。"

周鹭不听。

季绯伸手去捧他的脸："看着我。"

周鹭这才停手，像是被唤回了一点神志。

季绯嘴角弯了弯，连带着表情都柔和起来："我没事。"

旁边的人都自觉地退出去了，报警的报警，避嫌的避嫌。

周鹭半天没说话。

季绯捧他脸颊的手慢慢滑下去，抓住了他的右手，轻轻说："流血了。"

周鹭终于开口了，声音哑得不行："没事，不是我的血。"

季绯还想再说，他忽然伸手，把人抱进了怀里，两人半跪着相拥，互相呼吸着对方的气息。

短暂的静谧中，周鹭忽然说："对不起。"

季绯拍拍他的后背："这不怪你。"

不是周鹭的错，坏人才是错的。

周鹭埋首在她颈间，眼眶里的温热终于还是憋回去了。他微微偏头，亲了亲她的脖子，也亲到了她脖子上挂着的小草莓项链。

"锤子哪里来的？"季绯好奇地说道。

"一楼老太太那儿借的。"他只知道季绯在七栋，却不知道在哪间房，问了几户人家才锁定在302，他多怕晚一秒就酿成大祸。

幸好，季绯还好好的。

就在这时，楼下车鸣大作。

季家的、周家的、萧家的，把狭窄的道路彻底堵死了。

季长庆和周彦深率先冲上来，看见人事不省的萧峰和抱在一起的两个人，先是松了口气，然后又担心起来。

萧明安来得最晚，手里挂着根拐杖，似乎气得不轻的样子，进来一看躺在地上的萧峰，愤怒的同时又心疼，他道："老周，这差不多了吧，我看他们还报了警，看在咱们几十年的交情上，就放他一马吧。"

季长庆冷笑道："我女儿落在他手里差点出事，要不是从小学拳击，你以为这事会就这么完了？"

萧明安心中大痛："打也打了，我可以赔钱，只要私了，别闹到警察介入……"

两位长辈还没说话，周鹭就说："我绝不同意私了。"

他偏了偏头，死死盯着萧明安。这一刻，似乎没有什么私人感情，没有什么萧伯父，他一字一顿："我绝对不同意。"

"我去，这也太帅了。"徐冉冉惊叹道。

距离萧峰那件事已经过去一整周，季绯终于能组织好语言跟徐冉冉说起。

这一个星期，周鹭陪着她去了三趟拳击馆，甚至自己也报了年卡班，说要练到能跟她打擂台的程度。

季绯想说不用,结果一看到周鹭沉默但刚毅的脸庞,就什么话也没了。她知道,周鹭一直在担心她。

萧峰已经被警方拘留了。

这次事情过后,巨饿和饭团联合追责,大有一家亲的架势。

与此同时,季家和周家也正式组了个饭局,时间就定在这周六。

这件事结束以后,周鹭曾抱着季绯问过:"你不怕吗?"

她的脸上一直没有出现紧张、害怕的神情,冷静得不像这个年纪的女生。

季绯的小卷毛刘海蹭了蹭他,随即露出手臂上的肌肉:"不怕,我知道身后有你,而且,我一定可以等到你来。"

周鹭看着她的肌肉,一时不知该喜还是什么,默默又把人抱紧了一些。他心想,以后绝不会再让季绯陷入这样的困境。

下了五天的雨终于在周六这天停了下来,阳光穿破阴暗的云层洒向大地,万物似乎迸发出了别样的生机。

季绯难得仔细化了妆,眉毛、眼睛、鼻梁、嘴巴,各种令人眼花的化妆品摆放一旁,最后一一收回梳妆台。

徐冉冉从后方趴在她肩膀上,赞许道:"真好看,家长见面会加油!"

季绯看着镜子里的自己,她似乎很久不带妆了,除了上次拍摄海报。以前每次出门只简单抹个防晒,忽然全妆上阵,一时间还有点不敢认。

季绯看着柜子里的衣服,苦恼:"我穿什么呢?"

徐冉冉跳起来，帮她一件一件选："穿这个吧！"

这是一件米色风衣，内搭一条红色长裙，优雅又淑女。

季绯赞许道："可！"

等收拾好自己，来接她的周鹭也到了楼下。

他开了车，站在楼下。男生长身玉立，气质不凡，引来不少女孩儿的视线，明的暗的，秋波一阵一阵，但他一眼也没有分给别人。

因为走廊上，季绯冲他笑了笑。

她一笑，胜过这雨后久违的阳光。

/Chapter 15/
新年快乐，男朋友

网吧。

LOL（英雄联盟）线下赛开始前半小时。

徐冉冉占据了一个好位置，视角绝佳。然而，她一个肩背单薄的女生站在一群高大的男生里，显得十分违和。

这群人都是游戏发烧友，推挤着都想找个好位置，压根儿不管旁边的人是男是女，挤得徐冉冉不得已一挪再挪，最后还被人推了一把，直接跌在了人群里。

无数双脚动来动去，徐冉冉终于怕了，边哭边喊："倪程宇！"

倪程宇的位置就在人群中央，依旧戴着电竞耳机。他是游戏大神，自然有一批自己的迷弟，现在比赛还没开始，他正在跟人聊玩游戏的心得。

徐冉冉被踩了几脚："倪程宇！"

没人注意她，连倪程宇也是。

她的叫声似乎被人群吞没了。

最近这段时间两人没什么交流，倪程宇忙着备战，徐冉冉为了不打扰到他，硬生生又把之前看过的韩剧二刷了一遍。

好不容易等到线下赛这天，她没跟倪程宇说，自己来了。本意是为了给他一个惊喜。现在看来，倪程宇也不需要她。

仔细回想一下，两人在一起的日常似乎也只是打游戏。她为了倪程宇，从一个热爱追剧追"爱豆"的合格女粉变成了各个游戏都有涉猎的游戏菜鸟，已经很久没有做自己喜欢的事情了。直觉告诉她，这样不行，一味迁就对方的喜好是没有用的，只会让她越来越迷失自我。

但她总抱着一丝期待，等着倪程宇亲自来问她"你喜欢什么"。

她没等到。

徐冉冉有点想哭。

就在这时，一双大手忽然精准地拉住了她的手臂，将她从地面拽了起来。

人潮拥挤，徐冉冉只看见对方拉着她走出包围圈的背影。

直到离开人群，那人才转过身来，是一张还算熟悉的脸。

男神和女神在一起了，宿舍里单身狗从两条变成一条，一直渴望着脱单并且无果的陈远阳是出来借网消愁的，结果还没来得及花钱买时间，就看见徐冉冉这副惨样。他奇怪地说："你怎么在这儿啊？"

徐冉冉愣了愣，听到这个问题，一股难以言喻的悲伤袭上心头，她又回头看了眼被包围的倪程宇："来找男朋友的。"

陈远阳四处看："谁啊？"

徐冉冉指了指身影快被堵得看不见的倪程宇："他。"

比赛开始前十分钟，倪程宇终于有时间摸出手机看看消息。

属于徐冉冉的头像旁边的小红点里面又三条消息。

他点进去，发现时间在半小时前：

【我来看你比赛啦。】

【加油啊，拿到大奖，你一定可以！】

【我站在左边的饮水机旁边。】

倪程宇往饮水机旁边看去，空空如也。

他反而松了一口气，双手打字。

【冉冉，我们分手吧。】

说罢，他又加上一句。

【我觉得，比起恋爱，还是游戏更重要。】

门口的徐冉冉看到短信，顿时悲从中来，眼泪唰唰掉。

【那你跟游戏过一辈子吧！】

徐冉冉回完消息，恨恨地把手机收了起来。

她今天明明是来给倪程宇加油打气的，结果成了分手日。

陈远阳买了包纸，一张一张给她递过去，湿了就再换一张，结果竟然用完了一整包纸。

他说："你是水做的骨肉吗？"

徐冉冉把纸巾准确丢进垃圾桶，恨声说："我是钢筋水泥做的！"

陈远阳看她梨花带雨的样子，诚实地摇头说："不像。"

徐冉冉也就硬气这么一下子，然后又放声大哭，止都止不住。

两人坐在网吧门口的台阶上，时不时吸引一波路人疑惑的视线。

陈远阳手脚都不知道该怎么放："你别哭了。"

徐冉冉听不进任何话，哭得肝肠寸断。

陈远阳真怕她就这么哭化了，女生都是脆弱的，说不定真是水做的。

"别哭了，人要向前看。"

徐冉冉泪流不止："我做错什么了……"

陈远阳犹豫半天，拍拍她的背："别哭了，不就是个男人吗？"

徐冉冉泪眼模糊："说得简单，不就是个男人，分手了我去哪儿再找一个？"

陈远阳安慰起人来也是干巴巴的，说话根本没经过脑子："不就是个男人吗？找我，我当你男人。"

徐冉冉的哭声突然停止了，她抽抽搭搭道："真的？"

陈远阳说："真的。"

几天后，徐冉冉找到了Ａ大男寝，是周鹭开的门。

徐冉冉站在门口，有些扭捏的释然，接着对陈远阳说："我来找你了。"

陈远阳："？？？"

徐冉冉说："你那天说的话作不作数？"

陈远阳回忆了一下，忽然："！！！"

陈远阳一时喜极而泣:"我……我是有女朋友了吗?"

天气逐渐冷下来,秋风扫落叶。

学校外早餐街的人依旧不少,周鹭和季绯占了座位正在等灌汤包和荠菜猪肉馅的饺子。

犹记得上一次坐在这里还是刚加入骑手大军的时候,当时季绯经过周鹭的推荐点了这两样早餐,等了半天最后还没吃到,之后季绯每次开车经过这里都觉得意难平。

最近这段时间,别说周鹭不允许她继续送外卖,连季家、周家都是这么想的。于是顺应大家的要求,她一直安安稳稳待在学校里,如非必要,校门都不出。

危险没有发生在身上时,每个人都抱着侥幸,但真到了自己身上,不会有人比季绯更幸运,所以她很理解大家的想法。

尤其是,徐冉冉和倪程宇分手了,她这段时间一直陪着徐冉冉。

徐冉冉虽然看起来大大咧咧,但心思很细腻,嘴上说着"没事儿",夜里却经常小声啜泣。季绯只能放弃自己的床铺,晚上跟徐冉冉睡一起。她建议徐冉冉把心思放在别的地方,于是徐冉冉想起了陈远阳。

前一段时间,她看着天上飘过的一朵云都能掉眼泪,后来被陈远阳这憨憨直男拯救回来,笑容又多了起来。

大家都进入了恋爱的季节。

小白从门口进来，裹着一身寒风，却怎么也掩盖不住脸上的喜色。他眼尖地看见两个熟人，又凑了过来："好久不见啊！"

季绯看他喜气洋洋的，不免问："有好事吗？"

小白嘿嘿一笑："当然，我老家给我安排相亲了，听说是个很漂亮的姑娘，当老师的，一会儿要去甜品店见面呢！"

周鹭举起一个灌汤包："加油。"

小白来得快去得也快，风一样刮过不留痕迹。

结果等季绯和周鹭吃完早餐走出去散步时，就听见有人说前方不远发生了一起交通事故，他们路过时正好隔着人群看见倒在血迹中的小白。

据旁边的路人说是他开摩托车无视红灯，差点撞到了过往的路人，突然刹车时连人带车一起翻了。

两人飞快挤进人群，季绯连忙打了120，周鹭去查看小白的伤势，小心看完后才松了一口气。

因为这场突如其来的事故，小白错过了和女方中午的见面，相亲算是黄了，此时的小白正坐在病床上无限愤怒地大骂那个路人。

就在这长长的骂声里，季绯和周鹭脑海里同时生出了一种想法：如果在外卖软件里自带警告提示，是否会降低骑手为了配送而超速发出事故的概率？

为了保证骑手的安全，这个想法被当作试水项目在两个外卖平台同步上架。

警告提示音并不是冰冷冷的"您已超速",而是充满了人情味的:

"超速能够快多少?一旦肇事跑不了。"

"道路千万条,安全第一条。"

"行车不规范,亲人两行泪。"

警示音上架两个月,收获好评无数。

大多数人,比起超速拿到好评,更愿意珍惜生命,尤其是警示音时刻提醒着他们一件事:你不是一个人,你还有家人。

很快,筌州城迎来了今年的第一场雪。

和往年的点点细雪不一样,今年的雪如鹅毛、似柳絮,洋洋洒洒,为大地盖上了一层白色棉被。所谓瑞雪兆丰年,大概能从这一刻起,期待第二年了。

警示音功能上架试用过后,季绯便做起了调查,从各个骑手交流群、微博骑手超话,以及自己每天能见到的骑手那儿获得了不少良好反馈,因此为了庆祝警示音的上架减少了骑手们送餐时发生的交通事故,季绯和周鹭决定在今天去吃一顿火锅。

周鹭早在几天前就开始策划这件事了。

带着季绯在海底捞的位置上坐好后,他就开始踌躇,口袋里的小盒子像是有什么魔力一般,让他总是忍不住用手指摩挲。

大概是他的表情太奇怪,人也欲言又止的样子,引起了季绯的注意:"你怎么了?"

两人也谈了将近半年的恋爱,互相见过家长,还从未见过周鹭这样的表情。

周鹭懊丧道:"没什么,先吃东西。"

他没什么浪漫细胞,载着气球去接人这一招已经被季绯用过了,把礼物藏在食物里这招也用过了,来之前他查过不少资料,却没看上任何一个方法,大概是觉得都配不上季绯。结果还没想出办法,今天就到了。

就在这时,周鹭余光看见他们旁边那一桌的女生是一个人来吃东西的,服务员贴心地在她对面放上了一只大玩偶。

这个瞬间,福至心灵。

周鹭借口上厕所,硬是在海底捞买了个棕毛大狗玩偶,等他抱着玩偶回来,季绯就先问了:"怎么回事?"

周鹭脸微微发红,站在她身前忽然举着玩偶单膝跪了下去:"季绯,嫁给我吧!"

他这么一跪,整个人都被大玩偶挡住了。

季绯愣住了。

路过的服务生愣住了。

周围的食客们也都愣住了。

季绯一时错愕,看见玩偶的爪子动了动,被人控制着,玩偶捧着个打开的小盒子。

　　钻戒在火锅的咕噜声中亮着光。

　　服务员率先反应过来："答应他！"

　　不愧是号称服务最好的地方。

　　紧跟着，周围食客们也都情绪激动地附和起来。

　　季绯还没说话，棕毛大狗的爪子捧着盒子又晃了晃："快答应我。"

　　周鹭整个人都要藏得看不见了，似乎这样就能藏住自己泛红的脸颊和耳朵。

　　季绯终于反应过来了，她眼角眉梢都飞扬起来，神情从错愕变为惊喜。

　　她想起刚认识周鹭的时候，两人互相不对付，后来慢慢成为朋友，互相帮助，她开始变得期待看见周鹭……

　　最后记忆停留在乡下那一晚。周鹭带着她在旧屋天台看星空，那晚的星空那么亮，却没有亮过周鹭眼中的万千星辰。

　　季绯嘴角的弧度慢慢扩大，声音也不由自主地轻柔。

　　她说："好呀。"

　　越到过年，公司越忙。

　　年前那段时间，季绯和周鹭分别进入了公司熟悉业务，并协助进行一些改革工作。

　　其实事情说简单也简单，说难也难，平台一些规则是每年都需要改革一遍的，总有些旧规则不适用于新时代。留下的，都是经过各个高层讨论后留下来的精华，比如说骑手实名制，如果有人发生事故，可以通过实名制明确到当事人，不管是追责还是慰问，都是很方便的。

另外还有骑手星级制度，根据顾客打分，慢慢积累获得等级，等级越高，福利越好。

忙碌了大半个月，终于在二十九号彻底处理完手里的事务。

难得的空闲，两人商量好了要一起跨年。

于是大年三十当天，季绯趁着没人注意，换好工服迅速出门。她已经很久没送过外卖了，一时之间竟变得有些怀念。

到了晚上，路边枯树上挂着的红灯结开始次第亮起，看着格外喜庆。

相隔很远的地方传来微弱的鞭炮声，昭示着新年即将到来。

季绯的最后一笔订单在一个占地很大的小区，送完这单她就要去步行街找周鹭会合。她刚准备按电梯，就接到了周鹭的电话："在哪儿？"

季绯安静了一瞬，慢慢说："送外卖。"

周鹭："……"

季绯抢在他说话前赶紧道："我就是没忍住，我发誓，就今天！"

再说，萧峰都已经被抓了那么久了，其实也没那么危险。

周鹭也知道她的性格，她想做喜欢的事情谁也拦不住，于是长叹了一口气，不妥协也不行："你在哪里？"

季绯说："温澜潮生9栋。"

周鹭那边顿了几秒,才说:"我也在。"

周鹭说完,从门口进来,一抬眼就看见站在电梯处的季绯。

两人表情都格外好看,似乎没想到筌州城这么大,两人居然配送在了同一个地方,同一个人。和李奶奶那一次不同,这次下单人也是同一个。

季绯按了门铃,里头很快有个身材娇小的女生来开门。

季绯看看她瘦弱的身形,又看了一眼自己的外卖:"炸鸡比萨和年糕,这么多,吃得完吗?"

女生精致的小脸露出笑:"没问题的。"

她又看向周鹭:"麻辣小龙虾也是我的!"

季绯、周鹭同时看着她怀里堆得比脑袋还高的外卖:"……"

女生眼睛一瞪:"咋,我一个人就不能吃吗?"

倒也不是。

女生又说:"别小看我,我可是大胃王博主!"

那好吧。

离开温澜潮生,两人牵着手慢慢走着。

不知不觉,时间已接近十二点。

原本定好要去步行街的行程搁置下来,变成了在这人来人往、年味十足的街道上轧马路。等越走越远时,季绯忽然想起一件事,她停下脚步,周鹭便也跟着停了下来:"怎么了?"

季绯冷静地说:"我们的车。"

周鹭也想起来了,留在温澜潮生小区里的两辆电驴。

周鹭忽然被自己的行为逗笑,说:"现在怎么办?要不回去骑?"

季绯也跟着笑起来。

两个人的笑声交缠在一起,在这夜晚透出中幸福感。

就在这时,十二点的烟花从旁边洛河河岸升腾而起。

季绯稍稍偏头,看着周鹭在光线明暗交替下的侧脸。

周鹭冲她勾起嘴角:"看什么?"

季绯忽然眨了眨眼,眼睛微微弯起:"新年快乐,男朋友!"

烟花炸开在头顶。

一如炸开在心里。

/ 番外一 /
今天,您吃了吗?

两年后,世纪婚礼。

印着烫金玫瑰的婚礼邀请函从饭团和巨饿平台总部送到了A大和B大教务处。

周鹭和季绯都是学校里出色的毕业生,两人的照片至今还挂在荣誉墙上没人舍得摘,于是两方校长特意空出了一天,亲自参加了他们的婚礼。

A大校草骄子和B大女神学霸结婚,A大和B大校长观礼,这新闻,顿时炸掉了两个学校的论坛。

【这神仙爱情是真实存在的吗?】

【没想到啊,竞争了一辈子的A大和B大,每次爆火都是因为互相争抢生源和教育资源,今天被这么戏剧性地联系在了一起!】

【那什么,楼上难道不知道A大和B大也是一对CP吗?他们虽然总是对着干,但其实互相都是爱着对方的,端午节还互相送粽子呢!】

【我可以证明,中秋节的月饼也是互相赠送的!】

【忽然萌了是怎么回事???】

【连学校都有CP,我却没有?】

【我为什么出现在这里,是来扎心的吗?】

【今天,我失恋了。】

【失恋了+1。】

【失恋了+数字正无穷。】

天空碧蓝如洗,白云柔软连绵。

万物复苏,春季。

婚礼进行曲刚刚播放完毕,婚礼主持人满面慈爱,说:"现在请新郎新娘交换戒指。"

周鹭取出戒指,细心地给季绯戴上。

季绯的手指很漂亮,的确是很适合弹钢琴的,可这样的手,选择了伤害最大的拳击,他心尖颤动,忍不住在她手指上吻了吻。

"好啦,该我了。"季绯收回手,从身边人的礼盒里拿出戒指,就是这一秒,一门心思都在周鹭身上的她才忽然发现一件事:徐冉冉呢?

不知道什么时候,身边的徐冉冉忽然换成了另一个人。

不仅如此,周鹭身边的陈远阳也不见了。

然而她没时间找人解答疑惑,互相交换完戒指,面前的主持人露出笑容:"现在,新郎可以亲吻新娘了。"

不远处,徐冉冉看着时间,冲陈远阳大喊:"快快,到我们了!"

陈远阳手忙脚乱递给她一个打火机:"知道了!"

徐冉冉和陈远阳分别点燃了自己跟前的巨大焰火。

一红一蓝两条焰火冲天而上,竟然让人估算不出来究竟长多少米。

高空之中,焰火不绝,笔直的线条似乎没有停止延伸的意思。

众人全都抬眼去看。

就连季绯也吃了一惊。

忽然,一阵轰鸣声由远及近。

一左一右一红一蓝两架飞机机身上印着饭团和巨饿的图标,从上空轰鸣而过,在两道并行的焰火外用喷气画了一个大大的爱心。

周鹭温柔地看着她:"喜欢吗?"

接着不容季绯回答,他就先捧住了对方的脸,深深吻了下去。

他们在飞机的轰鸣声中接吻。

却也没有掩盖住悸动的心跳。

与此同时,飞机花样送祝福的视频通过互联网流了出去,引发一片热议。

围观群众1:别人家的爱情。

围观群众2:带着老子的祝福滚。

围观群众3:这件事让我明白了世界上没有真正的对手,也许你的对手到了,你的爱情也就到了。

季绯和周鹭婚后的第一个月,外卖界迎来史上最浓墨重彩的一笔。

饭团和巨饿合并，改名为：吃了吗。

原本手臂上张大嘴巴吃东西和紫菜包饭团的两个平台标志，也融合一体，变成了张大嘴巴吃紫菜饭团的标志。

宣布合并时，不少媒体参加了公开发布会。

当天，记者们口中最大的消息无外乎是：

"据可靠消息，饭团和巨饿平台合并后的新名字灵感来源于两位继承人送外卖时听得最多的一句话：今天，您吃了吗？"

/番外二/
我也喜欢你

和陈远阳在一起的第二个月,徐冉冉的旧爱就找上了门。

倪程宇依旧是那副最常见的打扮,脖子上永远挂着一副电竞耳机。

他今天又换了一副新的,这副还会闪光。

据说,倪程宇可以为了省钱不吃不喝,但不可以不买电竞耳机。

倪程宇站在女生宿舍楼下,大有一副"我知道错了,再给我一次机会"的可怜样子。

分手之后,倪程宇给徐冉冉发过好几次消息,不过徐冉冉都没有回复,实在受不了了,她就发过去一个微笑表情,再加上一句:

【再发消息我就拉黑你。】

至于为什么一直不拉黑,那是因为她想让倪程宇知道,自己过得很好,起码比和他在一起时幸福十倍。

于是倪程宇就改成了打电话。

电话倒是早早就拉黑了。

没办法,倪程宇在畅聊上看得见摸不着,终于忍不住了,堵在宿舍楼下。

徐冉冉从楼上下来:"说吧,还有什么事?"

倪程宇看她一身睡衣,头发随意扎着,竟然还趿拉着棉拖鞋,大吃一惊："你以前不是这样的。"

的确，以前的徐冉冉很讲究形象，尤其是跟倪程宇在一起的时候，恨不得在宿舍里化上一个小时的妆，收拾得光鲜亮丽才下楼。可现在不一样了，他们什么关系也没有，所以徐冉冉也不在乎这些虚的了。

倪程宇是真的想和好，打完比赛后，畅聊上没人给他发消息庆祝了，也没人给他打电话关心他有没有熬夜，他受不了。

所以说，人啊，都是贪心不足的动物。

倪程宇真心实意地说："我上次比赛赢了三万，可以带你去你一直想去的那家烤肉店。"

徐冉冉微微一笑："谢谢啊，我确实跟你说过很想吃那家的烤肉，不过跟你分手后，我就已经吃腻了。"

陈远阳那个大直男，知道她喜欢，每次吃饭都带她去那儿。

倪程宇露出受伤的表情："我们在一起这么久，我就不信你一点也不想我。"

"放你的屁！"陈远阳不知道从哪里冒出来，一声暴吼，"她最需要你安慰的时候你在哪儿呢？他去给你加油的时候被踩得差点破相，你在哪儿呢？"

徐冉冉听着他的话，想起自己在陈远阳似乎从没在意过她化妆或是不化妆，因为见面时，陈远阳永远都会夸一句："你今天真漂亮。"

不管是真是假，反正她开心。

跟陈远阳在一起时，她才像是真正谈了一场恋爱。

刷剧、追"爱豆",互相为周鹭和季绯的神仙爱情落泪,好像每一步都是同步的。

"说什么恋爱不如游戏重要的屁话,那你跟你的游戏在一起呗,LOL里的女性角色随便哪一个不比真人好,你纠缠冉冉干什么?她已经有男朋友了!"

倪程宇被怼得哑口无言。

陈远阳把徐冉冉护在自己身后:"男人要断就断得干净,藕断丝连那叫渣!"

这么一嗓子号出来,原本就探头探脑的围观群众全都小声交谈起来。

倪程宇在人前丢了面子,只留下一个伤心的眼神,然后快步走了。

徐冉冉躲在男生身后,像是被罩住了,顿时觉得他的后背十分伟岸。她戳戳男生的后背,十分感动:"陈鸳鸯,没想到你那么直,还知道什么叫渣男。"

陈远阳转过身,一脸无语地看着她:"我是直,又不是傻。"

徐冉冉:"……"

徐冉冉跟自己说没关系,不值得为傻孩子的直接而生气。

她微微仰头:"陈鸳鸯,我喜欢你。"

陈远阳忽然脸红:"那……那我也喜欢你。"

本书由子非鱼委托长沙大鱼文化传媒有限公司正式授权花山文艺出版社,在中国大陆地区独家出版中文简体版本。未经书面同意,本书的任何部分不得以图表、电子、影印、缩拍、录音和其他手段进行复制和转载,违者必究。